konkrete poesie

deutschsprachige autoren

anthologie

von eugen gomringer

philipp reclam jun. stuttgart

für die freundliche genehmigung zum abdruck der texte danken herausgeber und verlag den einzelnen rechteinhabern.
die genauen textnachweise finden sich jeweils in den bio-bibliographien zu den einzelnen autoren.

anläßlich eines nachdrucks im sommer 2001 wurden die angaben zu leben und werk der autoren von oliver herwig durchgesehen und bis 2001 fortgeführt.

RECLAMS UNIVERSAL-BIBLIOTHEK Nr. 9350

gesamtherstellung: reclam, ditzingen
printed in germany 2009

ISBN 978-3-15-009350-4

www.reclam.de

inhalt

vorwort

anthologien werden zumindest aus zwei verschiedenartigen anlässen zusammengestellt. sie erscheinen entweder rechtzeitig zur unterstützung eines trends und geben, wenn oft auch auf kosten der qualität, einen ersten überblick über einen vorgang, aus dem sie selbst aktuelles material beziehen. eine solche anthologie war z. b. »transit. ein lyrikbuch der jahrhundertmitte«, herausgegeben 1956 von walter höllerer. anderseits erscheinen anthologien in der mehrzahl wohl erst dann, wenn ein sozusagen ruhendes material vorliegt, das womöglich bereits mit historischen maßstäben gemessen werden kann. der aufmerksame betrachter der europäischen literarisch-künstlerischen szene der letzten zwei jahre weiß, daß die vorliegende anthologie zu diesem typus zählt. 1970 und 1971 waren die konkrete poesie und ihre ausweitungen gegenstand von ausstellungen in zürich, amsterdam, stuttgart und nürnberg, auf deren ausführliche kataloge als dokumente hingewiesen werden muß. diese ausstellungen waren im besten sinne und bezeichnenderweise internationale ausstellungen: entspricht doch eine internationale grundlegung und verbreitung ganz und gar der entstehung der konkreten poesie und den absichten ihrer strategen. früher schon waren vier gewichtige anthologien erschienen: 1967 gleich deren drei, nämlich eine in new york und stuttgart, herausgegeben von emmett williams, eine in london, die stephen bann besorgt hatte, sowie eine in prag und schließlich 1968 eine an der indiana university, usa, zusammengestellt von mary ellen solt. damit steht fest, daß die konkrete poesie in die zeit der retrospektive gekommen ist.
daß die vorliegende anthologie sich nun auf deutschsprachige autoren beschränkt, aus zweckbestimmung, kann ihr nicht unbedingt als nachteil angerechnet werden, spielen doch die hier versammelten autoren und damit sicher ein großteil der ausgewählten texte auch im internationalen konzert eine bedeutende rolle. zudem hatte es sich bald erwiesen, daß gerade durch die internationale verbreitung der konkreten poesie eine anzahl spielformen allgemeine währung wurde, zu deren entstehung die deutschsprachigen autoren wesentliches beigetragen hatten. so lagen z. b. einige entscheidende texte und manifeste in deutschland, der schweiz und in österreich bereits vor, als sich pignatari, als vertreter der brasilianischen gruppe »noigandres«, und gomringer im

jahr 1955 an der ulmer hochschule für gestaltung trafen und sich einigten, ihre parallelen experimente aufgrund ästhetischer verwandtschaft und geistiger verpflichtung gegenüber den theoretikern, malern und bildhauern der konkreten kunst ebenfalls als konkret zu bezeichnen. interessant ist in diesem zusammenhang, daß in der erwähnten anthologie »transit« aus dem jahr 1956 auch bereits gedichte von bremer, gomringer und heißenbüttel aufnahme gefunden hatten.
mit dem vorbild der konkreten kunst, also eines visuellen bereichs, ist die frage nach der herkunft der bezeichnung ›konkrete‹ poesie zum teil beantwortet. noch früher als gomringer und pignatari sprach öyvind fahlström in einem manifest im jahr 1953 von »konkreter poesie«, was allerdings »mehr im anschluß an konkrete musik als an bildkonkretismus im engeren sinn geschah«. das brennende interesse, das diejenigen jungen dichter der nachkriegsjahre, aus denen später die ›konkreten‹ werden sollten, an mallarmé, arno holz, apollinaire, ezra pound, cummings, carlos williams und an den »poètes à l'écart«, eine in bern im jahr 1946 erschienene wichtige anthologie, nahmen, läßt aber vor allem in diesen autoren die echten – literarischen – vorläufer, nebst dem bildkonkretismus, erkennen. von großer tragweite, bis heute von einem teil des konkreten lagers noch übersehen, ist vor allem auch die dimension, die ernest fenollosa 1908 in seinem essay »the chinese written character as a medium for poetry«, herausgegeben von ezra pound im jahr 1920, dem begriff ›konkrete poesie‹ zuordnete.
was der begriff ›konkret‹ in der poesie bedeute, die definition der konkreten poesie – diese frage hat in den letzten 15 jahren zahlreiche antworten gefunden, von der umschreibenden bis zur präzisen. der leser entnehme sie aus den angefügten theoretischen texten, oder er finde sie selbst in den dichterischen texten, daß eine abkehr von gewohnten poetischen vorstellungen und der immer wieder positivistisch vorgetragene versuch, gegenwart unmittelbar sprachlich festzustellen, was sich mit glasperlenspielerlösungen nicht schlecht zu vertragen scheint, kennzeichen der konkreten poesie sind, wurde in den zwei letzten jahrzehnten mit bestürzung, anfeindung, aber doch mehr und mehr mit verständnis – selbstverständnis? – zur kenntnis genommen. es wurde vielleicht auch vermehrt erkannt, daß die knapp zwei jahrzehnte – die fünfziger und die sechziger jahre – der konkreten poesie identisch waren mit den entwicklungsjahren jener internationalen kommunikation und zeichensprache, welche die ursprünglichen struktu-

ral-funktionalen intentionen der konkreten poesie bald nur noch als ästhetischen kern begriffen. anstelle des an widersprüchen leidenden begriffes der konkreten poesie hat sich immer wieder eine bezeichnung wie ›experimentelle poesie‹ mit ihrem viel weiteren fassungsbereich aufgedrängt. dieser zu nichts verpflichtende allerweltsbegriff – wer möchte es auf sich ruhen lassen, nicht auch experimentell zu arbeiten? – steht jedoch in direktem gegensatz zur heiter-verpflichtenden denkweise konkreter poeten. im gegensatz zu neuen methodischen erweiterungen und überlagerungen der mittel, welche bildungs- und ausbildungsgegensätze in unserer gesellschaft eher verdeutlichen als überbrücken, blieb die konkrete poesie – eine ihrer frühesten forderungen – überschaubar, nachvollziehbar, provozierend und, vielleicht ihr größter vorzug, einfach, d. h. rätselhaft und poetisch. daß sie dabei sprach- und gesellschaftskritisch ist, kann nur demjenigen entgehen, der zwar alles verändern möchte, im übrigen aber sprache sprache sein läßt.
bei der auswahl wurde sowohl nach der originalität der texte oder textgruppen, nach ihrem repräsentativen wert für den einzelnen autor wie auch nach der intensität des engagements der autoren gefragt. zum letzteren kriterium ist zu bemerken, daß die zahl der auch-dichter oder der sich vorübergehend mit konkreter poesie beschäftigenden ziemlich groß ist. so ist z. b. daniel spoerri, der gewiß ein oder zwei interessante frühe texte geschrieben hatte, heute bekannter als eat-art künstler. diter rot, auch hier ein großer anreger, besonders als bücher-macher und sprach-raum-typograf, hat sich anderen medien und dimensionen zugewandt. ebenso selbstverständlich ist, daß einige der vertretenen autoren, z. b. heißenbüttel, jandl, mon, rühm, noch eine weiter gefaßte literarische oder intermediale tätigkeit ausüben. bei bense und döhl überwiegen die theoretischen arbeiten. schließlich wurde bei der zusammenstellung einer subsumtion der texte unter einer »dichterpersönlichkeit« gegenüber einer typologisierung der texte mit hintanstellung der autoren der vorzug gegeben. denn bei aller gleichgestimmtheit auf übernationaler ebene muß man doch immer auf charakteristische unterschiede in den arbeitsrichtungen, wenn man will der »dichtercharaktere«, hinweisen. da sind die mundart-minimals von achleitner, die frühen bewegungsstrukturen claus bremers, die grammatischen entlarvungen heißenbüttels, die auf internationalität und inversion angelegten konstellationen gomringers, jandls parodistisches element, die denkintimität von gappmayr und wezel usw. selbst bei fast gleichen themen unter-

scheiden sich der denkansatz und die darstellerische methode in typischer weise, wobei blick und empfindung sich vielleicht erst an minimale differenzierungen und an minimale spannungen, die hier die welt bedeuten können, gewöhnen müssen. eine abgrenzung wurde ferner gegenüber der modischen tendenz der buchstabengrafik vorgenommen, wohingegen die aus der buchstabengestalt entwickelte pikto-typografie von hansjörg mayer sozusagen zur grundlehre der konkreten poesie gezählt zu werden verdient.
in den ersten heften »konkrete poesie / poesia concreta«, die von 1960 bis 1965 in frauenfeld erschienen, war als sinngebung und zielsetzung vorangestellt: »die konkrete poesie ist das ästhetische kapitel der universalen sprachgestaltung unserer zeit«. es braucht vielleicht noch etwas mehr distanz, um die konkrete poesie in dieser relation bewerten zu können – während ihre kritische einstellung zu allen sprachlichen vorgängen, aber auch ihre bereitschaft zum spiel, zur infragestellung der »werte«, sie zu einer praktischen, nützlichen denkdisziplin hat werden lassen.

eugen gomringer

seit dem erscheinen der 1. auflage der vorliegenden anthologie (1972) hat sich das feld der konkreten poesie beträchtlich ausgeweitet und differenziert. zu den dichtern der ersten stunde sind in vielen ländern neue dichter hinzugekommen. wenn dadurch heute das figürliche gedicht, das konzeptionelle gedicht und die collage wort + bild noch stärker betont werden, wird doch auch immer wieder auf die in dieser anthologie versammelten texte zurückgegriffen. auch ist oft festzustellen, daß diese für den einen klassische muster geworden sind, für viele andere jedoch noch immer – oder wieder – neuland bedeuten.

1990 eugen gomringer

friedrich achleitner

geboren 1930 in schalchen (österreich). studium an der kunstakademie wien und der clemens holzmeister schule für architektur, wien (1950–53). literarisches cabaret in wien mit h. c. artmann, k. bayer, g. rühm, o. wiener (1958/59). 1963–68 dozent, 1968–83 professor für architekturgeschichte an der kunstakademie wien, seit 1983 an der hochschule für angewandte kunst, wien. lebt in wien.

veröffentlichungen

hosn rosn baa. zus. mit h. c. artmann und g. rühm. wien: frick, 1959. · fleckerlteppich. ebenhausen: langewiesche-brandt, 1959. · schwer schwarz. frauenfeld: eugen gomringer press, 1960. (konkrete poesie / poesia concreta. 10.) · prosa, konstellationen, montagen, dialektgedichte, studien. reinbek: rowohlt, 1970. · quadrat-roman. darmstadt/neuwied: luchterhand, 1973. · quadrat-studie. linz: edition neue texte, 1974. (neue texte. 13.) · super record 50 + 50. zus. mit g. rühm. ebd. 1981. 1990. · friedrich achleitner. wien: galerie in der staatsoper, 1985. [mit ausführlicher bibliographie.] von a bis zett. salzburg/wien: residenz-verlag, 1990. · kaaas. salzburg: residenz-verlag, 1991. · quadratroman: & andere quadrat-sachen. ebd. 1995. · die plotteggs kommen. wien: sonderzahl, 1995. · die wiener gruppe: ein moment der moderne 1954–1960. wien: springer, 1997.

theaterstücke, zus. mit k. bayer, g. rühm und o. wiener.

österreichische architektur im 20. jahrhundert. bd. 1. 2. 3,1. salzburg: residenz, 1980. 1983. 1990. · nieder mit fischer von erlach. ebd. 1986. · aufforderung zum vertrauen. ebd. 1987.

druckvorlage: prosa, konstellationen, montagen, dialektgedichte, studien.

rot
anstatt
rot
anstatt
rot
anstatt
rot
anstatt
rot
anstatt
rot

ruh
und
ruh
und
ruh
und
ruh
und ruh und ruh und ruh und
ruh
und
ruh
und
ruh
und
ruh

tau
taub
taube
taub
tau
taub
taube
taub
tau
taub
taube
taub
tau

wos
na
ge

ge
na
wos

na
wos
ge

ge
wos
na

wos
ge
na

na
ge
wos

a
so

so
a

m
hm

hm
hm

a
ha

so
so

schau schau
da fraonz

da fraonz
schau schau

schau schau
da fraonz

da fraonz
schau schau

schau schau
da fraonz
schau schau

moang kimd vilaichd wida
moang kimd vilaichd
moang kimd

da dings
da dings   vilaichd wida

glai
glai
glai

iss voabai

au
au
au

owa schau

we
we
we

owa ge

e
e
e

duad nöd we

a
a
a

dra la la

los da
dawai

wos is
dabai

waonsd
da

dawai
dabai
dawai

losd

aussö

owö
umi
iwö

daonö
zuwö
auffö

ainö?
naa

max bense

geboren 1910 in straßburg. studium der mathematik, physik, philosophie an den universitäten bonn, köln, basel. 1945 dozent und zeitweilig kurator der universität jena. seit 1950 professor für philosophie und wissenschaftstheorie an der universität stuttgart. gastprofessuren an der hochschule für gestaltung, ulm (1953–58), und der freien akademie der künste, hamburg (seit 1966). 1978 emeritiert. zahlreiche vortragsreisen, u.a. nach brasilien, mexiko, japan und usa. herausgeber bzw. mitherausgeber der zeitschriften »augenblick« (1955–61), »grundlagenstudien aus kybernetik und geisteswissenschaft« (1960/61), »semiosis« (1976 ff.) und der publikationsfolge »rot« (1960 ff., zus. mit e. walther), um die sich ende der fünfziger, anfang der sechziger jahre die sogenannte stuttgarter schule gruppierte. bense veranstaltete 1959/60 die erste und 1965 eine erste umfassende ausstellung konkreter poesie. gestorben 1990 in stuttgart.

veröffentlichungen

(vgl. max bense. bibliographie 1930 bis 1. mai 1967. hrsg. von e. walther. stuttgart: als manuskript gedruckt, 1967.)

grignan-serie. stuttgart: verlag der augenblick, 1960. (rot. 1.) · bestandteile des vorüber. köln/berlin: kiepenheuer & witsch, 1961. · entwurf einer rheinlandschaft. ebd. 1962. · vielleicht zunächst wirklich nur. stuttgart [o. v.] 1963. (rot. 11.) · die präzisen vergnügen. wiesbaden: limes, 1964. (limes nova. 1.) · rosenschuttplatz. stuttgart: handpressendruck hansjörg mayer, 1964. · tallose berge. stuttgart: edition hansjörg mayer, 1965. (futura. 3.) · die zerstörung des durstes durch wasser. köln: kiepenheuer & witsch, 1967. · nur glas ist wie glas. berlin: fietkau, 1970. (schritte. 17.) ·existenzmitteilung aus san franzisko. zus. mit h. rothe. köln: hake, 1980. ·zentrales und occasionelles. stuttgart: edition künstlerhaus, 1981. (eks 9.) · das graue rot der poesie. baden-baden: agis, 1983. · kosmos atheos. ebd. 1985. · nacht-euklidische verstecke. ebd. 1988. · poetische abstraktionen: gedichte und aphorismen. stuttgart: manus-presse, 1990. · der mann, an den ich denke: ein fragment. stuttgart: edition rot, 1991.

filme (realisiert von bense, hj. mayer und r. wössner) und hörspiele.

theorie der texte. köln/berlin: kiepenheuer & witsch, 1962. · aesthetica. baden-baden: agis, 1965. erw. neuausg.: ebd. 1982. · zusammenfassende grundlegung moderner ästhetik. st. gallen: édition galerie press, 1966. (serielle manifeste. 1.) · semiotik. allgemeine theorie der zeichen. ebd. 1967. · kleine abstrakte ästhetik. stuttgart: edition rot, 1969. (rot. 38.) · einführung in die informationstheoretische ästhetik. reinbek: rowohlt, 1969. (rde 320.) · artistik und engagement. köln: kiepenheuer & witsch, 1970. (pocket. 13.) · die realität der literatur. ebd. 1971. (pocket. 26.) · zeichen und design. semiotische ästhetik. baden-baden: agis, 1971. (kybernetik und information. 5.) · semiotische prozesse und systeme in wissenschaftstheorie und design, ästhetik und mathematik. ebd. 1975. (kybernetik und information. 6.) · die unwahrscheinlichkeit des ästhetischen und die semiotische konzeption der kunst. ebd. 1979. (kybernetik und information. 9.) · das auge epikurs. stuttgart: deutsche verlags-anstalt, 1979. · ptolemäer und mauretanier oder die theologische emigration der deutschen literatur. zürich: haffmans, 1984. · die eigenrealität der zeichen. baden-baden: agis, 1992. · radiotexte: essays, vorträge, hörspiele. heidelberg: winter, 2000.

druckvorlagen: bestandteile des vorüber (21, 24); grignan-serie (22, 23); nur glas ist wie glas (25); manuskripte. zeitschrift für literatur, kunst, kritik. nr. 13, märz 1965 (167 f.).

Mauern und Mauern aus Mauern von Mauern aus Mauern
von Mauern aus Mauern

Grignan V

Wortlos sich selbst überlassen, nur sich selbst, schattenlos, flach und niedrig bleiben, vorwärts und rückwärts anfangen, verwildern oder verwachsen, auch beides, verwechselt werden, alles anfassen und schließlich zusammenhängen, verwittern und verfallen, zuletzt versteinern, versteinern hält, oder verschwinden, gänzlich, vorübergehend, vielleicht für immer, zuerst verfallen und verfallen lassen, verfallen ins andere, spüren wie man aus sich heraustritt, rechts und links heraus treten, hinübersehen, hinüberreichen, anfangen irgend etwas zu überziehen, nirgendwo etwas frei lassen, unauffällig beginnen sich selbst zu verlassen, noch nicht ganz, nur wenig, später mehr, dann alles und dauernd, nacheinander und unwiderruflich übergehen, nicht mehr bei sich selbst sein, woanders, ergriffen, umfaßt, verlassen ohne zu verlassen, grau und süchtig, wer schweigt erinnert und wer erinnert schreibt, zu spitz verletzt, schweigend oder schreibend tritt man über den Rand

Random 11. 4. 59. nachmittags

verlassen verdeckter Topos wo der Wind den Laut Licht den Blick abträgt oder vermutet grün Transfer unten Palaver der drei Männer matter Ton, geschickt verschlossene Tür grauer Mauer um totes Haus in Bilignin kleiner Ort auf keiner Karte oberhalb Belley noch in Ain und im Regen, verschlossene Frauen verschlossen verbleibt was alt ist und welches Dasein nützt noch dem Sein wenn dein kleiner Hund dich nicht kennt so bricht endlich für hinziehn flußwärts das was was

Ist, Anna war, Livia ist, Plurabelle wird sein; die Sache ist, und sie ist, nur weil sie ist, und wenn es weniger als irgend etwas ist, daß jeder Tag heute ist, und sie sagen, daß jeder Tag ist, wie sie sagen, so ist der Schnee weiß

O
RIO
ROI
ORO
ORIOR
ORION
RIONOIR
RONRONRON

claus bremer

geboren 1924 in hamburg. studium der altphilologie, philosophie, literatur- und kunstgeschichte an den universitäten hamburg und freiburg i. br.; schauspielausbildung in freiburg (1945–49). seit 1949 regieassistent, regisseur und dramaturg an den theatern in freiburg i. br., darmstadt, bern, ulm, zürich, düsseldorf. mitglied des freiburger kreises um r. m. gerhardt (1948–54) und darmstädter kreises mit e. williams, d. spoerri u. a. (1957–59). 1962–65 gastdozent an der hochschule für gestaltung, ulm. ausstellungen visueller poesie. gestorben 1996 in forch bei zürich.

veröffentlichungen

poesie. karlsruhe: fragmente, 1954. · tabellen und variationen. frauenfeld: eugen gomringer press [o. j.]. konkrete poesie / poesia concreta. 5.) · ideogramme. ebd. 1964. (konkrete poesie / poesia concreta. 11.) · engagierende texte. stuttgart: edition hansjörg mayer, 1966. (futura. 8.) · hände weg von meinem ferrari. zürich: [o. v.] 1967. · texte und kommentare. steinbach: anabas, 1968. · sophokles / hölderlin / bremer: antigonae / antigone. ebd. 1969. · anlaesse. neuwied/berlin: luchterhand, 1970. (luchterhand-druck. 7.) · man trägt keine mützen nach athen. zürich: orte, 1984. · zeitzünder 3. zus. mit w. bucher, m. steiner und j. stelling. ebd. 1987. · hände weg von meinem ferrari. zürich: orte, 1994. · wir sind andere. ebd. 1997.

filme und theaterstücke.

theater ohne vorhang. st. gallen / stuttgart: tschudy, 1962. (die quadrat-bücher. 31.) · das aktuelle theater. st. gallen: édition galerie press, 1966. (serielle manifeste. 6.) · thema theater. frankfurt a. m.: edition kölling, 1969. · farbe bekennen. mein weg durch die konkrete poesie. zürich: orte, 1983.

druckvorlagen: ideogramme (31); texte und kommentare (28, 33, 34, 35, 36); anlaesse (29, 30, 32); erstveröffentlichung (27).

zwei tabellen und eine variation

fugen	aus	märchen
fugen	märchen	aus
aus	fugen	märchen
aus	märchen	fugen
märchen	fugen	aus
märchen	aus	fugen
aus gold	ohren	die wüsten
aus gold	die wüsten	ohren
ohren	aus gold	die wüsten
ohren	die wüsten	aus gold
die wüsten	aus gold	ohren
die wüsten	ohren	aus gold
fugen	aus	märchen
aus gold	märchen	aus
aus	aus gold	märchen
ohren	märchen	aus gold
märchen	aus gold	ohren
die wüsten	ohren	aus gold

und ändern
und änder
und ände
und änd
und än
und ä
und
und
un
u

n
ni n
nic rn
nich ern
nicht dern
nichts ndern
nichts ändern
nichts s ändern
nichts se d ändern
nichts sei nd ändern
nichts seinund ändern
nichts sein und ändern

lesbares in unlesbares übersetzen
lesbares in ühèrsbàren
lühbrsbàrèn
ühèrsbàrèn

   e
  ei
 ein
ein
in t
n te
 tex
text
ext
xt p
t pa
 pas
pass
assi
ssie
sier
iert
ert
rt
t

r
ar
bar
sbar
esbar
lesbar
lesbar
lesbar
lesbar
lesbar
lwabar
wasbar
wasbar
n wasebar
en wasldebar
ren was debar
eren was desbar
deren was deheebar
nderenwas demlesbar
anderewas dem desbar
anderwas dem einebar
n anderwas dem eineesbar
en andwasendem eindesbar
den anderedem eineleebar
den anderdam einenlesbar
t den andedem einen lesbar
ht denwanddemneinen tesbar
cht dewaandeneinen texsbar
acht dwasaderreinen textebar
macht was anderinen textlebar
machtwandenderenan text febar
machwasdeandenen text fehlt
machtsddemandemantext fehlt
macht dem anderetext fehlt
mahtddeneanderdext fehlt
machtdeneinandetext fehlt

ist der text der text der ausbleibt
 ist der textder text der ausbleibt
  ist der tex er text der ausbleibt
   ist der te r text der ausbleibt
    ist der t   text der ausbleibt
     ist der   text der ausbleibt
      ist der   ext der ausbleibt
       ist de   xt der ausbleibt
        ist d   t der ausbleibt
         ist   der ausbleibt
          ist   der ausbleibt
           is   er ausbleibt
            i   r ausbleibt
                          ausbleibt
             d   ausbleibt
             de   usbleibt
             der   sbleibt
             der   bleibt
             der t   leibt
             der te   eibt
             der tex   ibt
             der text   bt
             der text   t
             der text d
             der text de   t
             der text der   xt
             der text der   ext
             der text der a   text
             der text der au   text
             der text der aus   r text
             der text der ausb   er text
             der text der ausbl   der text
             der text der ausble   der text
             der text der ausblei t der text
             der text der ausbleib st der text
             der text der ausbleibtist der text
             der text der ausbleibt ist der text

bewegen und beweglich sei
n bewegen und beweglich se
in bewegen und beweglich s
ein bewegen und beweglich
sein bewegen und beweglich

sein bewegen und beweglic
h sein bewegen und bewegli
ch sein bewegen und bewegl
ich sein bewegen und beweg
lich sein bewegen und bewe
glich sein bewegen und bew
eglich sein bewegen und be
weglich sein bewegen und b
eweglich sein bewegen und
beweglich sein bewegen und

beweglich sein bewegen un
d beweglich sein bewegen u
nd beweglich sein bewegen
und beweglich sein bewegen

und beweglich sein bewege
n und beweglich sein beweg
en und beweglich sein bewe
gen und beweglich sein bew
egen und beweglich sein be
wegen und beweglich sein b
ewegen und beweglich sein
bewegen und beweglich sein

[illegible]tellen
[illegible]teil[illegible]gen
[illegible]teiligen
[illegible] beteiligen
[illegible]tel[illegible] prozess beteiligen
[illegible]erstellen sondern an einem prozess beteiligen
[illegible]is gegenüberstellen sondern an einem prozess beteiligen
keinem ergebnis gegenüberstellen sondern an einem prozess beteiligen
keinem ergebnis gegenüberstellen sondern an ein[illegible]
keinem ergebnis gegenüberstellen sonder[illegible]
keinem ergebnis gegenüberstellen [illegible]
keinem ergebnis gegenüberstell[illegible]
keinem ergebnis gegenübe[illegible]
g[illegible]e[illegible]
gegenübe[illegible]

um weiter zu kommen ausweichen
um weiter zu kommen ausweichenzu kommen ausweichen
um weiter zu kommen ausweichenter zu kommen ausweichen
um weiter zu kommen ausweichen weiter zu kommen ausweichen
um weiter zu kommen ausweichen um weiter zu kommen ausweichen
um weiter zu kommen ausweichen   um weiter zu kommen ausweichen
um weiter zu kommen ausweichen   um weiter zu kommen ausweichen
um weiter zu kommen ausweichen   um weiter zu kommen ausweichen
um weiter zu kommen ausweichen   um weiter zu kommen ausweichen
ausweichen um weiter zu kommen   ausweichen um weiter zu kommen
ausweichen um weiter zu kommen   ausweichen um weiter zu kommen
ausweichen um weiter zu kommen   ausweichen um weiter zu kommen
ausweichen um weiter zu kommen   ausweichen um weiter zu kommen
ausweichen um weiter zu kommen ausweichen um weiter zu kommen
ausweichen um weiter zu kommenausweichen um weiter zu kommen
ausweichen um weiter zu komausweichen um weiter zu kommen
ausweichen um weiter zuausweichen um weiter zu kommen
ausweichen um weiter zu kommen

informieren
informiere
informier
informie
informi
inform
infor
info
inf
in
i

haltungen
altungen
ltungen
tungen
ungen
ngen
gen
en
n

provozieren
provozieren
provozieren
provozieren
provozieren
provozieren
provozieren
provozieren
provozieren
provozieren
provozieren
rovozieren
ovozieren
vozieren
ozieren
zieren
ieren
eren
ren
en
n

nicht nur
nicht nur
nicht nur
nicht nur
nicht nur
nicht nur
nicht nur
nicht nur
nicht nur
nicht nur
nicht nur
nicht nur
nicht nur
nicht nu
nicht n
nicht
nicht
nich
nic
ni
n

reinhard döhl

geboren 1934 in wattenscheid. studium der literaturwissenschaft und ästhetik, philosophie und wissenschaftstheorie, geschichte und politischen wissenschaften an den universitäten göttingen und stuttgart (1957–65). seit 1969 dozent, seit 1985 professor am institut für literaturwissenschaft der universität stuttgart. ausstellungen von visueller poesie und grafik. gestorben 2004 in stuttgart.

veröffentlichungen

11 texte. stuttgart: verlag der augenblick, 1960. (rot. 2.) · missa profana [. . .]. berlin: fietkau, 1962. (schritte. 5.) · portrait einwände. zus. mit k. burkhardt. stuttgart: [o. v.] 1962. (rot. 9.) · fingerübungen. wiesbaden: limes, 1962. · prosa zum beispiel. ebd. 1965. (limes nova. 11.) · 4 texte. stuttgart: edition hansjörg mayer, 1965. (futura. 4.) · das buch es anna. berlin: fietkau, 1966. (schritte. 12.) · programm typografie 2. zus. mit g. c. kirchberger und hj. mayer. stuttgart: edition hansjörg mayer, 1967. · bedepequ. stuttgart: edition hansjörg mayer, 1967. · wegwerfbücher. stuttgart: [o. v.] 1967 ff. · poem structures in the looking glass. zus. mit k. burkhardt. stuttgart: [o. v.] 1969. (rot. 40.) · aus den botnanger sudelheften. stuttgart: edition hansjörg mayer, 1982. · ansichtssachen & klerri-juhs aus der kleinen stuttgarter versschule. zus. mit w. ehehalt. stuttgart: [o. v.] 1985. · wie man so sagt. stuttgart: [o. v.] 1985.

theaterstücke, hörspiele und partituren.

das literarische werk hans arps 1903 bis 1930. stuttgart: metzler, 1967. · poesía experimental. estudios y teoría. zus. mit e. gomringer. madrid: instituto alemán de madrid y cooperativa de producción artística, 1968. · kunst handwerk kunst. kornwestheim: edition geiger, 1986. · ulrich zehs farblandschaften und ereignisse. ebd. 1987. · das neue hörspiel. darmstadt: wissenschaftliche buchgesellschaft, 1988. 1992. · hermann finsterlin. stuttgart: hatje, 1988. · das hörspiel zur ns-zeit. darmstadt: wissenschaftliche buchgesellschaft, 1992.

druckvorlagen: apfel. stuttgart (postkarte) 1965 (38); 16 4 66. stuttgart: edition hj. mayer und edition domberger, 1966 (39); poem structures . . . (40); manuskripte 13, 1965 (167 f.).

pfelApfel
pfelApfelApfelApfelA
pfelApfelApfelApfelApfelA
felApfelApfelApfelApfelApfe
ApfelApfelApfelApfelApfelApf
pfelApfelApfelApfelApfelApfelA
ApfelApfelApfelApfelApfelApfe
pfelApfelApfelApfelApfelApfelA
ApfelApfelApfelApfelApfelApfe
felApfelApfelApfelApfelApfel
ApfelApfelApfelApfelApfelApf
elApfelApfelApfelWurmAp
felApfelApfelApfelApfel
pfelApfelApfelApfel
pfelApfelApfelA
pfelApfelA

e e
et et
etc etc

et cette et cette
et cetterra et cetterra
et cetterra et et et cetterra
et cette terra et cette terra
et cetterra et cetterra
et cette terra et cette terra
et cette terra et cette terra
et cetterra et cetterra
et cette terra et cette terra
et cetterra et et et cetterra
et cetterra et cetterra
et cette et cette

etc etc
et et
e e

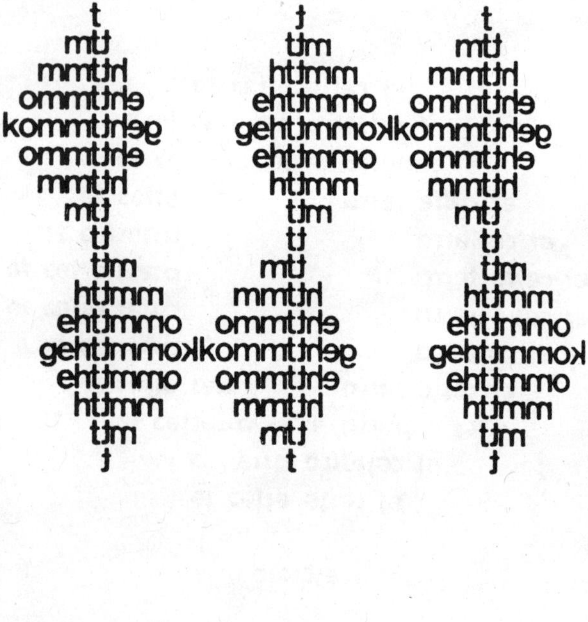

heinz gappmayr

geboren 1925 in innsbruck. designer und typograph. ausstellungen visueller poesie. lebt in innsbruck.

veröffentlichungen

zeichen. innsbruck: pinguin, 1962. · zeichen II. ebd. 1964. · zeichen III. münchen: edition UND im jürgen-willing-verlag, 1968. · zeichen IV. visuelle gedichte. karlsruhe: sema, 1970. · sieben visuelle zeichen. bremerhaven: kabinett für aktuelle kunst, 1972. · palermo. visuelle gedichte. duisburg: hildebrandt, 1972. (hundertdruck. 12.) · texte. münchen: edition UND im jürgen-willing-verlag, 1972. · zeichen. graz: neue galerie am landesmuseum joanneum, 1973. · zeichen. ausgewählte texte. linz: edition neue texte, 1975. (neue texte. 15.) · zahlentexte. münchen: edition UND, 1975. · raum. ebd. 1977. · texte. auswahl 1962–1977 und neue texte. münchen: ottenhausen, 1978. · fototexte. ebd. 1980. · heinz gappmayr. frankfurt a. m.: kunstverein, 1982. · neue texte. aachen: ottenhausen, 1983. · textinstallationen. münchen: edition UND, 1984. · von für über heinz gappmayr. innsbruck: allerheiligen-presse, 1985. · text / malerei. zus. mit g. wittner. zirndorf: verlag für moderne kunst, 1985. · texts. london: coracle press / aachen: ottenhausen, 1985. · 10 texte. aachen: ottenhausen / friedberg: edition hoffmann, 1986. · strukturen. aachen: ottenhausen, 1987. · 15 texte. wien: edition freibord, 1990. · fototexte. [piesport:] ottenhausen, 1990. · raumtexte. wien: herbstpresse, 1990. · sequenz zeit. köln: edition hundertmark, 1992. · opus heinz gappmayr. mainz: d. koelen, 1993. · alphabet. oslip: ed. nn oslip, 1993. · texte konzepte. bielefeld: pendragon, 1996. · opus heinz gappmayr. münchen: chorus, 1997. · heinz gappmayr. text, farbe, raum. wien/bozen: folio, 2000.

zur theorie der konkreten poesie. münchen: jürgen-willing-verlag, 1965. (studio UND.)

druckvorlagen: zeichen (44, 45, 46); zeichen II (42, 43); zeichen III (47, 48, 49, 50); zeichen IV (51).

sind (sind)

~~sind~~

"sind"

s i n d s i n d s i n d s i n d
s i n d s i n d s i n d s i n d
s i n d s i n d s i n d s i n d s i n
s i n d s i n d s i n d s i n d s i n d
s i n d s i n s i n d s i n d s i n d
s i n d s i n d s i n d s i n d
s i n d s i n d s i n d

s i n d n d s i n s d i n d

s i n d s i n d s i d

s i n d s i n d

s i n d

s i c h t b

s i   t b

s i c h t

s i

c h t b a r

s   b r

c h t

s i c h t b a r

i

i c

i

c h

a l l e s

z
e

r a

u m

i
t

w ↑ e ↑ i ↑ s ↑ s

w e i s s

w e i s s

} zeit

eugen gomringer

geboren 1925 in cachuela esperanza (bolivien). studium der nationalökonomie und kunstgeschichte an den universitäten bern und rom (1946–50). 1954–58 sekretär max bills an der hochschule für gestaltung, ulm. 1962–67 geschäftsführer des schweizerischen werkbundes in zürich. 1967–85 kulturbeauftragter der rosenthal ag in selb. seit 1976 dozent, 1977–90 professor für theorie der ästhetik an der staatlichen kunstakademie düsseldorf. mitbegründer der zeitschrift »spirale« (mit m. wyss und d. rot) und der schweizer industrial designers SID. 1958 herausgeber der festschrift »max bill« (teufen: niggli). 1959 gründung der eugen gomringer press, frauenfeld. dort herausgabe der publikationsfolge »konkrete poesie / poesia concreta« (1960–65). 1970/71 herausgabe der kunstmappen vordembergegildewart, josef albers, walter dexel, gomringer und freunde, christian megert; seit 1971 der publikationsfolge »kunst und umwelt« (starnberg: keller). vortragsreise durch südamerika 1972, durch die usa 1978. 1973 gründung eines archivs für konkrete poesie in schloß erkersreuth. 1984 eröffnung einer galerie in rehau. 1986 gastprofessor für poetik an der universität bamberg. seit 1988 beirat des internationalen forums für gestaltung IFG, ulm, 1988 und 1990 intendant des jährlichen symposions. lebt in rehau-wurlitz (oberfranken).

veröffentlichungen

konstellationen. bern: spiral press, 1953. · 5 mal 1 konstellation. frauenfeld: eugen gomringer press, [1960]. (konkrete poesie / poesia concreta. 1.) · 33 konstellationen. st. gallen: tschudy, 1960. (die quadratbücher. 11.) · die konstellationen les constellations the constellations las constelaciones 1953–1962. frauenfeld: eugen gomringer press, [1963]. · das stundenbuch. münchen: hueber, 1965. neuausg. in fünf sprachen: starnberg: keller, 1980. · 15 konstellationen. zus. mit r. gessner. zürich: hürlimann, 1965. · worte sind schatten. reinbek: rowohlt, 1969. · lieb (10 visuelle konstellationen). starnberg: keller, 1971. · einsam gemeinsam. ode. duisburg: hildebrandt, 1971. · eugen gomringer 1970–1972. münchen: edition UND im jürgen-willing-verlag, 1973. · wie weiß ist wissen die weisen. zus. mit g. uecker. zirndorf: verlag für moderne kunst, 1975. · konstellationen. ideogramme. stundenbuch. stuttgart: reclam, 1977. (universal-bibliothek. 9841 [2].) · feldstrukturen. zus. mit g. uecker. dinkelscherben: edition e, 1977. ·

kein fehler im system. zus. mit g. uecker. zürich: verlag 3, 1978. · gucken. ein kinderbuch. zus. mit a. stankowski. leonberg: galerie no. 6, 1980. · identitäten. zus. mit h.-g. prager. köln: constantin post, 1981. · inversion und öffnung. piesport: ottenhausen, 1988. · konkrete poesie 1952–1992. ingolstadt: [o. v.] 1992 · quadrate aller länder. köln: edition fundamental, 1992. · das kleine gelbe quadrat. ebd. 1992. · schriftbild in collage. wien: edition splitter, 1994. · vom rand nach innen. ebd. 1995. · visuelle poesie. stuttgart: reclam, 1996.

tonband: konkrete texte. hattingen-blankenstein: edition s press, 1973. (s press tonkassette. 13.)

manifeste und darstellungen der konkreten poesie 1954–1966. st. gallen: édition galerie press, 1966. (serielle manifeste. 4.) · poesía experimental. estudios y teoría. zus. mit r. döhl. madrid: instituto alemán de madrid y cooperativa de producción artística, 1968. · josef albers. starnberg: keller, 1968. · camille graeser. teufen: niggli, 1968. · poesie als mittel der umweltgestaltung. itzehoe: hansen & hansen, 1969. (vorspann. 5.) · richard paul lohse. köln: dumont-schauberg, 1973. · konkretes von anton stankowski. zus. mit g. wirth. stuttgart: hatje, 1974. · fruhtrunk. zus. mit m. imdahl und g. sterner. starnberg: keller, 1978. · distanzsignale. zus. mit l. gebhard. landsberg (lech): aroca, 1980. · gewebte bilder. ebd. 1984. · zur sache der konkreten. 2 bde. st. gallen: erker, 1988. · theorie der konkreten poesie. wien: edition splitter, 1997. · aus zufall einfall. lichtenfels: [o. v.] 1999. · dabei sein mittun. zürich: edition howeg, 2000.

deine träume – mein gedicht. eugen gomringer und die konkrete poesie. hrsg. von c. schnauber. nördlingen: greno, 1989.

druckvorlagen: worte sind schatten (54, 55, 56, 57, 58, 59, 60, 61, 62, 63, 64, 155–164); katalog ›visuelle poesie‹ zur gleichnamigen ausstellung. hamburg: deutscher ring, 1972 (165 f.).

fliegt

strömt entgegen

fliegt

breitet sich aus

fliegt

umhüllt

fliegt

verdünnt sich

fliegt

löst sich auf

fliegt

baum
baum kind

kind
kind hund

hund
hund haus

haus
haus baum

baum kind hund haus

ping pong
        ping pong ping
        pong ping pong
                        ping pong

du blau
du rot
du gelb
du schwarz
du weiss
du

schweigen	schweigen	schweigen
schweigen	schweigen	schweigen
schweigen		schweigen
schweigen	schweigen	schweigen
schweigen	schweigen	schweigen

worte sind schatten
schatten werden worte

worte sind spiele
spiele werden worte

sind schatten worte
werden worte spiele

sind spiele worte
werden worte schatten

sind worte schatten
werden spiele worte

sind worte spiele
werden schatten worte

das schwarze geheimnis
ist hier
hier ist
das schwarze geheimnis

```
            w   w
          d   i
        n   n   n
      i   d   i   d
    w           w
```

ode III

o d e i
n h u n
d e r t
z e i c
h e n a
n z ü r
i z w i
n g l i
f ü s s
l i g o
e t h e
j u n g
y o g a
j o y c
e f o e
h n u t
o t o k
y o h ö
n g g d
a d a o
d e o n
r ä m i
s t r .
b a u r
a u l a

3 variationen zu «kein fehler im system»

1

kein fehler im system
kein efhler im system
kein ehfler im system
kein ehlfer im system
kein ehlefr im system
kein ehlerf im system
kein ehleri fm system
kein ehleri mf system
kein ehleri ms fystem
kein ehleri ms yfstem
kein ehleri ms ysftem
kein ehleri ms ystfem
kein ehleri ms ystefm
kein ehleri ms ystemf
fkei nehler im system
kfei nehler im system
kefi nehler im system
keif nehler im system
kein fehler im system

2

kein fehler im system
kein fehler imt sysem
kein fehler itm sysem
kein fehler tmi sysem
kein fehler tim sysem
kein fehler mti sysem
kein fehler mit sysem

3

kein system im fehler
kein system mir fehle
keiner fehl im system
keim in systemfehler
sein kystem im fehler
ein fehkler im system
seine kehl im fyrsten
ein symfehler im sekt
kein symmet is fehler
sey festh kleinr mime

helmut heißenbüttel

geboren 1921 in rüstringen (jetzt wilhelmshaven). studium der architektur, germanistik und kunstgeschichte an den universitäten dresden, leipzig und hamburg. 1955–57 verlagslektor in hamburg, seit 1957 freier mitarbeiter, 1959–81 leiter der redaktion radio-essay am süddeutschen rundfunk, stuttgart. mitherausgeber der walter-drucke (1964 ff.), der luchterhand-drucke (1967 ff.), 1973 mit f. mon herausgeber der »antianthologie« (münchen: hanser), 1977 herausgeber der anthologie »offene literatur« (münchen: text + kritik), 1983 der anthologie »poesie und geschichte« (mainz: von hase & koehler). 1978–81 mit b. jentzsch herausgeber der zeitschrift »hermannstraße 14«. gestorben 1996 in borsfleth.

veröffentlichungen

kombinationen. esslingen: bechtle, 1954. · topographien. ebd. 1956. · ohne weiteres bekannt. stierstadt: eremiten-presse, 1958. · texte ohne komma. frauenfeld: eugen gomringer press [o. j.]. (konkrete poesie / poesia concreta. 2.) · textbuch 1. olten / freiburg i. br.: walter, 1960. · textbuch 2. ebd. 1961. · textbuch 3. ebd. 1962. · textbuch 4. ebd. 1964. · textbuch 5. ebd. 1965. · textbuch 6. neuwied/berlin: luchterhand, 1967. · memorabiler lochtext. zus. mit r. koehler. grenchen (schweiz): galerie toni brechbühl, 1969. · auseinandersetzungen oder was tut der seemann mit margareta. zus. mit k. p. lenk. stuttgart-möhringen: manuspresse, 1970. · das textbuch. neuwied/berlin: luchterhand, 1970. (sammlung luchterhand. 3.) · projekt nr. 1. d'alemberts ende. ebd. 1970. neuausg.: frankfurt a. m. / berlin / wien: ullstein, 1981. (ullstein-buch. 39025.) stuttgart: klett-cotta, 1988. · die freuden des alters. zus. mit r. geiger. duisburg: hildebrandt, 1971. (hundertdruck. 9.) · allerneueste abhandlung über den menschlichen verstand. zus. mit a. sandig. burgdorff/hannover: steintor, 1971. · gelegenheitsgedichte und klappentexte. darmstadt/neuwied: luchterhand, 1973. (sammlung luchterhand. 99.) · das durchhauen des kohlhaupts. projekt nr. 2. ebd. 1974. Neuausg.: ebd. 1989. · der wassermaler. zus. mit w. turnbull. zürich: verlag 3, 1976. · gelegenheitsgedichte. zus. mit f. morellet. ebd. 1977. · klappentextgelegenheitsgedicht. dinkelscherben: edition e, 1978. · eichendorffs untergang und andere märchen. stuttgart: klett-cotta, 1978. · wenn adolf hitler den krieg nicht gewonnen hätte. ebd. 1979. · die goldene kuppel des comes arbogast. ebd.

1980. · textbücher 1–6. ebd. 1980. · das ende der alternative. ebd. 1980. · ödipuskomplex made in germany. ebd. 1981. · mehr ist dazu nicht zu sagen. zus. mit h. edelmann. ebd. 1983. · der philosoph. zus. mit a. held. zürich: verlag 3, 1983. · alles was ich weiß. linz: edition neue texte, 1983. (neue texte. 28.) · franz-ottokar mürbekapsels glück und ein ende. berlin: volk und welt / stuttgart: klett-cotta, 1985. (cotta's bibliothek der moderne. 35.) · textbuch 8. stuttgart: klett-cotta, 1985. · textbuch 9. ebd. 1986. · textbuch 10. von liebeskunst. ebd. 1986. · den blick öffnen auf das, was offen bleibt. münchen: deutscher taschenbuch verlag, 1986. (dtv 10579.) · textbuch 11 in gereinigter Sprache. stuttgart: klett-cotta, 1987. · das durchhauen des kohlhaupts. ebd. 1989. · das sagbare sagen. ebd. 1998.

schallplatten/tonbänder: begegnung mit gedichten. münchen: polyglotte [o. j.]. · 16 texte. hattingen-blankenstein: edition s press, 1971. (s press tonkassette. 6.) · max unmittelbar vorm einschlafen. hamburg: deutsche grammophon / neuwied: luchterhand, 1973. · texte und gelegenheitsgedichte. stuttgart: klett-cotta, 1978. · texte und gedichte. ebd. 1988. (cotta's hörbühne.)

hörspiele.

über literatur. olten / freiburg i. br.: walter, 1966. · briefwechsel über literatur. zus. mit h. vormweg. neuwied/berlin: luchterhand, 1969. · was ist das konkrete an einem gedicht? itzehoe: hansen & hansen, 1969. (vorspann. 3/4.) · zur tradition der moderne. neuwied/berlin: luchterhand, 1972. (sammlung luchterhand. 51.) · von fliegenden fröschen, libidinösen epen, vaterländischen romanen, sprechblasen und ohrwürmern. stuttgart: klett-cotta, 1982. · versuch über die lautsonate von kurt schwitters. mainz/wiesbaden: steiner, 1983. · als ich meine gedanken- und phantasie-kur gebrauchte. zur struktur der sudelbücher von georg christoph lichtenberg. ebd. 1985. · fünf kommentare und sechs gedichte. hamburg: kellner, 1986.

druckvorlagen: topographien (68); textbuch 1 (69, 70), 2 (71), 3 (67), 5 (72); 13 visuelle texte. stuttgart: edition hj. mayer, 1964 (74); spirale 5, [o. j.] (73).

ungerade
unberechenbar
ungelenk
nicht zu beurteilen
fraglich
authentisch

Tatsachen
Erfahrungen
Meinungen
Ansichten

Niedrigwasser
Geröll
Eisenbahngeräusche
Doppelfenster

Entfernungen
Richtungen

Richtungen
Berichtigungen

ankommen
ankommen in
vorbeigehen an
übergehen zu
teilhaben an
stattfinden
teilnehmen
vorkommen
vorkommen in
übergehen auf zu
vorbeigehen auf zu
imstandesein

imstandesein

das Sagbare sagen
das Erfahrbare erfahren
das Entscheidbare entscheiden
das Erreichbare erreichen
das Wiederholbare wiederholen
das Beendbare beenden

das nicht Sagbare
das nicht Erfahrbare
das nicht Entscheidbare
das nicht Erreichbare
das nicht Wiederholbare
das nicht Beendbare

das nicht Beendbare nicht beenden

Einfache grammatische Meditationen

c [konjunktivisch]
bis zur Mitte der Hälfte
weniger als zu wenig
am wenigsten
als ob als ob
wahrscheinlich wahrscheinlich
auf sich genommen nicht auf sich genommen
unentschieden
vorläufig vorläufig

f [partizipial]
wartend warten gewartet haben
gewartet werden
rumgekriegt nicht rumgekriegt rumgekriegt worden sein
widerrufene Widerrufe
quergespannte Geräusche
quergespannte Geräusche aus endlichen Zeitpunkten
widerrufene Widerrufe auf Widerruf richtend auf
aufgerichtet gerichtet auf aufgerichtete Richtung
aufgerichtete Richtungen aus unendlichen Zeitpunkten

Politische Grammatik

Verfolger verfolgen die Verfolgten. Verfolgte aber werden Verfolger. Und weil Verfolgte Verfolger werden werden aus Verfolgten verfolgende Verfolgte und aus Verfolgern verfolgte Verfolger. Aus verfolgten Verfolgern aber werden wiederum Verfolger [verfolgende verfolgte Verfolger]. Und aus verfolgenden Verfolgten werden wiederum Verfolgte [verfolgte verfolgende Verfolgte]. Machen Verfolger Verfolgte. Machen verfolgende Verfolgte verfolgte Verfolger. Machen verfolgende verfolgte Verfolger verfolgte verfolgende Verfolgte. Und so ad infinitum.

Weder Verfolgte noch Nichtverfolgte verfolgen weder Verfolger noch Verfolgte. Sind weder Verfolger noch Nichtverfolger von Verfolgern wie Verfolgten. Weder Verfolgte noch Nichtverfolgte außerhalb des grammatischen Zirkels verfolgen das Verfolgen. Verfolgen das Verfolgen in Verfolgern wie Verfolgten. In verfolgten Verfolgern wie in verfolgenden Verfolgten. In verfolgenden verfolgten Verfolgern wie in verfolgten verfolgenden Verfolgten. Indem sie das Verfolgen verfolgen verfolgen sie auch das Nichtverfolgen [das Nichtverfolgen des Verfolgens]. Weder Verfolgte noch Nichtverfolgte wären so die eigentlichen Verfolger.

Als Verfolger des Verfolgens in Verfolgern wie Nichtverfolgern werden sie verfolgt von Verfolgern wie Verfolgten. Als Verfolger des Nichtverfolgens des Verfolgens werden sie verfolgt von Nichtverfolgern wie Nichtverfolgten. Verfolger des Verfolgens und Nichtverfolgens wären sie die eigentlich Verfolgten. Nicht verfolgende Verfolgte und verfolgte Verfolger. Sondern Verfolger und Verfolgte zugleich.

Friede auf Erden

I

wenn alle alle lieben plötzlich lieben alle alle alle lieben plötzlich
alle wenn plötzlich alle alle lieben lieben alle alle alle lieben alle

II

	der [die]	liebt [lieben]	den [die]
liebt [lieben]	der [die]		den [die].
wenn	der [die]		den [die] liebt [lieben]

III

entweder sie lieben sich oder nicht darüber läßt sich nichts anderes sagen als man kann nicht damit rechnen ob aber man sollte damit rechnen daß denn schließlich muß es ja mal irgendwo anfangen damit man aufhört nicht damit zu rechnen irgendwo muß es ja schließlich mal anfangen wenn wenigstens die einen die andern oder einer einen irgendeiner sollte ja schließlich mal damit anfangen nun fangt mal an

IV

o wenn   der [die] doch   den [die] liebte [liebten]

V [Personenverzeichnis]

alle General de Gaulle Linke Ludwig Erhard Rechte Gamal Nasser Meinungsforscher Moise Tschombe Meinungsmacher Willi Brandt Nonkonformisten Fernsehteilnehmer Führungskräfte Gerhard Schröder Franz Josef Strauß Rudolf Augstein Bildungsplaner Arbeitgeber Siegfried Unseld Günter Graß Normalverbraucher Soraya Gastarbeiter Liz Freddy Schlafwagenschaffner

VI [Gebrauchsanweisung]

anstelle von der [die] den [die] setze man beliebig Namen aus dem Personenverzeichnis ein und verbinde sie durch die passende Verbform dabei stellt das Personenverzeichnis nur einen Vorschlag vor der ergänzbar ist

VII [einige Vorschläge]

persönlicher Bekanntenkreis veränderte historische oder politische Situation Berufskollegen Berufskonkurrenten spezielle Personenverzeichnisse wie etwa Schweizerische experimentelle theologische militärische ethnologische pädagogische usw.

erste	person	singular
	person	singular
erste		singular
		singular
erste	person	
erste		
	person	
		singular
	person	
	person	singular
erste		singular
	person	
		singular
erste		
erste		
		singular

ismus **ta ti** istisch **ti ta ti ta to ti ti to** istisch
ta ta to ta istisch **ti** ismus **ti ti to ti** istisch
ta ta ismus **to to ti** ismus **ti to** istisch **ta ti**
ta istisch ismus **to to ta to ti ta to ta ta**
to ismus **ta** ismus **ti to to ta ta to** istisch **ti**
ta to ismus **ta** ismus istisch **ti** istisch **ta ta to**
istisch **ti ta ti ti ta to ti ti ti to ta** ismus **to**
to istisch **ti ti to ti to ti ta ta ti to ta ti**
ti istisch **ti** ismus **ti ta to** istisch **to ta** istisch
to to to ti ta to to ta ti istisch **ta to** ismus
ti ismus **to** istisch ismus **ta** istisch **ti ti to to**
ismus **ta ti ti ta** istisch **ti** istisch **ta** ismus **ta**
to ta to ta to to ta to ismus **to to** ismus
to ta ti ta istisch **ti ta ta ti ta** istisch ismus
to ta istisch **to to ta ti to to** ismus **ti to ti**
ismus **ti ti ti** ismus **ta** ismus **ti ta** istisch

ernst jandl

geboren 1925 in wien. 1943–45 soldat, 1945–46 amerikanische kriegsgefangenschaft in england. 1946–50 studium der germanistik und anglistik an der universität wien, 1950 promotion. 1950–79, mit unterbrechungen durch zeitweilige beurlaubung, gymnasialprofessor in wien. 1952–53 lehrer an der east barnet grammar school (england). seit 1954 enge zusammenarbeit mit f. mayröcker. 1971 gastprofessor an der university of texas, austin. 1973 mitbegründer der grazer autorenversammlung. seit 1981 zahlreiche konzerte mit jazzmusikern, seit 1984 vor allem mit dem vienna art orchestra. 1984 gastprofessor für poetik an der universität frankfurt a. m. gestorben 2000 in wien.

veröffentlichungen

andere augen. wien: bergland, 1956. (neue dichtung aus österreich. 21.) · lange gedichte. stuttgart: [o. v.] 1964. (rot. 16.) · klare gerührt. frauenfeld: eugen gomringer press, 1964. (konkrete poesie / poesia concreta. 8.) · mai hart lieb zapfen eibe hold. london: writers forum, 1965. (writers forum poets. 11.) · sprechgedichte / sound poems. zus. mit b. cobbing. london: writers forum, 1965. (writers forum poets. 15.) · laut und luise. olten / freiburg i. br.: walter, 1966. (walter-druck. 12.) neuausg.: neuwied/berlin: luchterhand, 1971. (sammlung luchterhand. 38.) erw. neuausg.: stuttgart: reclam, 1976. (universal-bibliothek. 9823 [2].) · hosi-anna. bad homburg: gulliver press, 1966. · no music please. london: turret books, 1967. (turret booklet. 9.) · sprechblasen. neuwied/berlin: luchterhand, 1968. erw. neuausg.: stuttgart: reclam, 1979. (universal-bibliothek. 9940.) · der künstliche baum. neuwied/berlin: luchterhand, 1970. (sammlung luchterhand. 9.) · fünf mann menschen. hörspiele. zus. mit f. mayröcker. ebd. 1971. · flöda und der schwan. stierstadt: eremiten-presse, 1971. (broschur. 23.) · dingfest. darmstadt/neuwied: luchterhand, 1973. (sammlung luchterhand. 121.) · übung mit buben. berlin: berliner handpresse, 1973. (berliner handpressendruck. 37.) · die männer. düsseldorf: eremiten-presse, 1973. (broschur. 42.) · wischen möchten. berlin: literarisches colloquium, 1974. (lcb-editionen. 34.) · serienfuss. darmstadt/neuwied: luchterhand, 1974. (sammlung luchterhand. 157.) · für alle. ebd. 1974. erw. neuausg.: ebd. 1984. (sammlung luchterhand. 566.) · der versteckte hirte. düsseldorf: eremiten-presse, 1975. (broschur. 62.) · alle freut, was alle freut. köln: middelhauve, 1975. · drei hörspiele. zus. mit

f. mayröcker. wien: sessler, 1975. · my right hand – my writing hand – my handwriting. linz: edition neue texte, 1976. (neue texte. 16/17.) erw. neuausg.: ebd. 1985. · klatschmohn. köln: middelhauve, 1977. · heisze hunde. zus. mit f. mayröcker. pfaffenweiler: pfaffenweiler presse, 1977. · die bearbeitung der mütze. darmstadt/neuwied: luchterhand, 1978. neuausg.: ebd. 1981. (sammlung luchterhand. 336.) · aus der fremde. ebd. 1980. neuausg.: ebd. 1985. (sammlung luchterhand. 627.) · der gelbe hund. ebd. 1980. neuausg.: ebd. 1982. (sammlung luchterhand. 390.) · augenspiel. berlin: volk und welt, 1981. · selbstporträt des schachspielers als trinkende uhr. darmstadt/neuwied: luchterhand, 1983. neuausg.: ebd. 1986. (sammlung luchterhand. 645.) · falamaleikum. zus. mit j. spohn. ebd. 1983. (sammlung luchterhand bildbuch. 488.) · gesammelte werke. 3 bde. ebd. 1985. neuausg.: ebd. 1990. · ottos mops hopst. ravensburg: maier, 1988. (ravensburger taschenbuch. 1673.) · idyllen. frankfurt a. m.: luchterhand, 1989. · das öffnen und schließen des mundes. darmstadt: luchterhand, 1990. · laut und luise. frankfurt a. m.: luchterhand literaturverlag, 1990. · der beschriftete sessel. leipzig: reclam, 1991. · idyllen. hamburg/zürich: luchterhand literaturverlag, 1992. · serienfuss. hamburg: luchterhand literaturverlag, 1992. · stanzen. ebd. 1992. · die wirklichen möglichkeiten. graz: literaturverlag droschl, 1992. · sprechblasen. hamburg: luchterhand literaturverlag, 1993. · lechts und rinks. münchen: luchterhand literaturverlag, 1995. · peter und die kuh. münchen: luchterhand, 1996. · aus dem wirklichen leben. ebd. 1999. · letzte gedichte. ebd. 2001.

schallplatten/tonbänder: sound poems. zus. mit b. cobbing. london: writers forum, 1965. (writers forum records. 1.) · laut und luise. berlin: wagenbach, 1968. (wagenbachs quartplatte. 2.) · fünf mann menschen. zus. mit f. mayröcker. beilage zu neues hörspiel. hrsg. von k. schöning. frankfurt a. m.: suhrkamp, 1969. · der künstliche baum. neuwied/berlin: luchterhand, 1970. · hosi + anna. berlin: wagenbach, 1971. (wagenbachs quartplatte. 6.) · das röcheln der mona lisa. neuwied: luchterhand / hamburg: deutsche grammophon, 1972. · 13 radiophone texte. düsseldorf: edition s press, 1977. (s press tonkassette. 50.) · aus der fremde. ebd. 1980. (s press tonkassette. 86.) · him hanflang war das wort. berlin: wagenbach, 1980. (wagenbachs quartplatte. 20.) · laut und luise / hosi + anna. ebd. 1983. (wagenbachs quartplatte. 22.) · bist eulen? wien: extraplatte, 1984. · ernst jandl spricht gedichte. frankfurt a. m.: interpress, 1984. · fünf mann menschen. zus. mit f. mayröcker. stuttgart: klett-cotta, 1986. (cotta's hörbühne.) · weltgebräche. zus. mit m. haselböck. graz: steirischer herbst, 1987. · vom vom zum zum. wien: extraplatte, 1988. · das röcheln der mona lisa. szenen aus dem wirklichen leben. münchen: bayerischer rundfunk, 1990. kassette. · bist eulen?: wien: extraplatte, 1994. cd. · aus der fremde. köln: theaterverlag kiepenheuer & witsch, 1995. cd. · eile mit feile: stuttgart: der hör, 1996. kassette. · aus der fremde. wien: ohrbuch, 1999. kassette. · 13 radiophone texte. ebd. 1999. kassette. · wien: heldenplatz. münchen: der hör, 1999. cd. · him hanflang war das wort. berlin: wagenbach, 2000. cd. · laut + luise – hosi + anna. ebd. 2000. cd.

film/video: traube. zus. mit f. mayröcker und h. v. cramer. 1971. · ernst jandl live. darmstadt: luchterhand, 1984. (vhs-video kassette.)

hörspiele, theaterstücke (z. t. zus. mit f. mayröcker) und übersetzungen, vor allem aus dem amerikanischen (j. cage, r. creeley, g. stein u. a.).

die schöne kunst des schreibens. darmstadt/neuwied: luchterhand, 1976. 3., erw. aufl.: ebd. 1983. · das öffnen und schließen des mundes. ebd. 1985. (sammlung luchterhand. 567.) neuausg.: berlin: volk und welt, 1987.

ernst jandl. texte daten bilder. hrsg. von k. siblewski. frankfurt a. m.: luchterhand, 1990. (sammlung luchterhand. 907.)

druckvorlagen: laut und luise (82, 83, 87); sprechblasen (78, 79, 80, 81, 84, 85, 86).

buchstabiermonolog

B.H.G.K.N.M.
B.H.G.K.N.M.
B.H.G.K.N.M.

K.N.M.B.H.G.N.
K.N.M.B.H.G.N.
K.N.M.B.H.G.N.

K.N.R.B.H.G.N.
K.N.R.B.H.G.N.
K.N.R.B.H.G.N.

B.H.G.K.N.R.
B.H.G.K.N.R.
B.H.G.K.N.R.

perfektion

e
ee
eei
eeio

p
pr
prf
prfk
prfkt
prfktn

ep
eepr
eeiprf
eeioprfk
eeioprfkt
eeioprfktn

pe
pree
prfeei
prfkeeio
prfkteeio
prfktneeio

prfkteneio
prfketneio
prfektneio
prefktneio
perfktneio

perfktenio
perfketnio
perfektnio

perfektino
perfektion

film
film
film
film
fi m
f im
fi m
f im
f m
fl m
f im
f m
flim
film
flim
film
f lm
f lm
fl m
f lm
fl m
f m
f lm
fl m
f m
f lm
f m
fl m
f lm
fl m
fl m
fl m
fl m
fl m
fl m
flim
film
flim
film
flim
film
flim
f m
film
f m
flim
film
flim
film
film
film
film
film

reise

          nach
         nach
        nach
       nach
      nach
     nach
    nach
   nach
  nach
 nach
nach   bayayayayayayayayayayayayayayayayayayayayayayern
 nach
  nach
   nach
    nach
     nach
      nach
       nach
        nach
         nach
          nach

verscheuchung zweier farben

z
b
rz
lb
arz
elb
warz
gelb
s——————c——————h
gelb
warz
elb
arz
lb
rz
b
z

r e
ar eg
lar ege
klar eger
klar egerü
lar egerüh
ar egerühr
r egerührt
egerührt
egerühr
r egerüh
ar egerü
lar eger
klar ege
klar eg
lar e
ar
r
e

st
und
en
und
st
und
en
und
st
und
en
und
st
und
en

die zeit vergeht

lustig
luslustigtig
lusluslustigtigtig
luslusluslustigtigtigtig
lusluslusluslustigtigtigtigtig
luslusluslusluslustigtigtigtigtigtig
lusluslusluslusluslustigtigtigtigtigtigtig
luslusluslusluslusluslustigtigtigtigtigtigtigtig

feilchen vür efa
eveu vür viala

gevrorenes vür efa
vlüssiges vür viala

efa vür viala
viala vür efa

vrühling vür fiele

fier fäter
vünv vrösche
fier vürsten

vahnen vliegen

vünv vrauen
fier fögel
vünv fielvrasse

vliegen vangen

auf dem land

rininininininininDER
brüllüllüllüllüllüllüllEN

schweineineineineineineineinE
grunununununununZEN

hunununununununDE
bellellellellellellellEN

katatatatatatatZEN
miauiauiauiauiauiauiauEN

katatatatatatatER
schnurrurrurrurrurrurrurrEN

gänänänänänänänSE
schnattattattattattattattERN

ziegiegiegiegiegiegiegEN
meckeckeckeckeckeckeckERN

bienienienienienienienEN
summummummummummummummEN

grillillillillillillillEN
ziririririririrPEN

fröschöschöschöschöschöschöschE
quakakakakakakakEN

hummummummummummummummELN
brummummummummummummummEN

vögögögögögögögEL
zwitschitschitschitschitschitschitschERN

kurt marti

geboren 1921 in bern. studium der theologie an den universitäten bern und basel. im auftrag des ökumenischen rates in paris. reformierter pfarrer in leimiswil, niederlenz und von 1961 bis 1983 in bern. lebt in bern.

veröffentlichungen

boulevard bikini. biel: vorstadtpresse, 1958. · republikanische gedichte. st. gallen: tschudy, 1959. (die quadrat-bücher. 2.) veränd. neuausg.: neuwied/berlin: luchterhand, 1971. · gedichte am rand. teufen: niggli/köln: kiepenheuer & witsch, 1963. erw. neuausg. u. d. t.: geduld und revolte. stuttgart: radius, 1984. · dorfgeschichten. gütersloh: mohn, 1960. veränd. neuausg.: darmstadt/neuwied: luchterhand, 1983. (sammlung luchterhand. 487.) · alphabeete & cymbalklang. berlin: fietkau, 1966. (schritte. 11.) · rosa loui. neuwied/berlin: luchterhand, 1967. · leichenreden. ebd. 1969. neuausg.: zürich: nagel und kimche, 2001. · abratzky oder die kleine brockhütte. ebd. 1971. (sammlung luchterhand. 24.) · paraburi – eine sprachtraube. bern: zytglogge, 1972. · das herz der igel. ebd. 1972. (zytgloggetest. 9.) · underreinisch. darmstadt/neuwied: luchterhand, 1973. · die riesin. ebd. 1975. · meergedichte, alpengedichte. berlin: fietkau, 1975. (schritte. 28.) · nancy neujahr & co. leverkusen: braun, 1976. (lyrik-spektrum. 4.) · abendland. darmstadt/neuwied: luchterhand, 1980. neuausg.: hamburg: luchterhand literaturverlag, 1993. · bürgerliche geschichten. ebd. 1981. neuausg.: ebd. 1983. (sammlung luchterhand. 461.) · gesammelte gedichte 1959–1980. ebd. 1982. (sammlung luchterhand. 417.) · tagebuch mit bäumen. ebd. 1985. neuausg.: ebd. 1988. (sammlung luchterhand. 810.) · schilfgräser. bern: dendron, 1985. (sumpfblüte. 9.) · mein barfüßig lob. darmstadt/neuwied: luchterhand, 1987. · ausgewählte gedichte. frankfurt a. m.: luchterhand, 1989. (sammlung luchterhand. 842.) · wen meinte der mann? stuttgart: reclam, 1990. (ub 8636.) · fromme geschichten. stuttgart: radius, 1994.

moderne literatur, malerei, musik. zus. mit k. lüthi und k. v. fischer. zürich/stuttgart: flamberg, 1963. · zärtlichkeit und schmerz. darmstadt/neuwied: luchterhand, 1979. neuausg.: ebd. 1981. (sammlung luchterhand. 337.) · ruhe und ordnung. ebd. 1984. neuausg.: ebd. 1986. (sammlung luchterhand. 641.)

druckvorlagen: republikanische gedichte (89, 90, 91); gedichte am rand (92).

vorzug von parlamentswahlen

<table>
<tr><td>viele
für einen</td><td></td><td align="right">einer
für viele</td></tr>
<tr><td></td><td align="center">alle
für viele
viele
für alle</td><td></td></tr>
<tr><td>nicht
alle für einen</td><td></td><td align="right">noch
einer für alle</td></tr>
</table>

demokratisches modell

stimme stimme
stimme stimme
ja nein
stimm stimm
damit es stimmt denn du bestimmst
stimmend stimmt ihr
ja und nein
überein

begegnung zwischen helvetiern

I ging
und sah
daß O
O ging
und sah
daß I

O sieht wohl daß	I fragt nicht wie
doch fragt nicht wie	doch sieht wohl daß

gesehnes
ging
gegangnes
sah

ostern o stern

I

o
(stern
restn
nestr)

ostern o sternte
nestnieder
o sterne ostern
uns wieder

o
(nestr
restn
stern)

II

ostern
restostern nestostern – wer wälzt uns
den christlichen plunder vom grabe
des herrn?

ostern
o stern o morgen o morgenstern still im abend
des christlichen still im christlichen abend
lande

hansjörg mayer

geboren 1943 in stuttgart. nach volontärzeit in buchdruckereien der schweiz und der usa studium an der hochschule für grafische gestaltung und bei max bense an der universität stuttgart. seit 1962 handpressendrucke und experimentelle typographie. 1964 gründung der edition hansjörg mayer. seit 1965 herausgeber der publikationsfolge »futura«. erste werk- und verlagsausstellung 1965 in stuttgart. im gleichen jahr dozent an der bath academy of art (england). 1966–68 galerie der edition hansjörg mayer in stuttgart. 1967 endgültige übersiedlung nach england und dozent (senior tutor) an der watford school of art. 1968 zweite, umfassende werk- und verlagsausstellung in den haag. seit 1968 zusammenarbeit mit der petersburg press, london. lebt in london.

veröffentlichungen

(die veröffentlichungen bis 1968 verzeichnet nahezu vollständig der ausstellungskatalog »publikaties van de edition en werk van hansjörg mayer«, haags gemeentemuseum 5. oktober – 24. november 1968.)

19 typographien. stuttgart: handpressendruck hansjörg mayer, 1961/62. · alphabet. ebd. 1962/63. reproduziert: stuttgart: [o. v.] 1964. (rot. 13.) · serie rosenschuttplatz. textselektion max bense. ebd. 1964. reproduziert: ausstellungskatalog den haag. · fortführungen. ebd. 1964–66. · einzelblätter, z. t. in auflage seit 1965. u. a.: sau aus usa. ebd. 1965. · alphabetenquadratbuch. ebd. 1965. reproduziert: stuttgart: [o. v.] 1966. (rot. 26.) · typoaktionen. frankfurt a. m.: typos, 1967.

druckvorlagen: alphabet (94, 95, 96, 97); sau aus usa. einzelbl. (98).

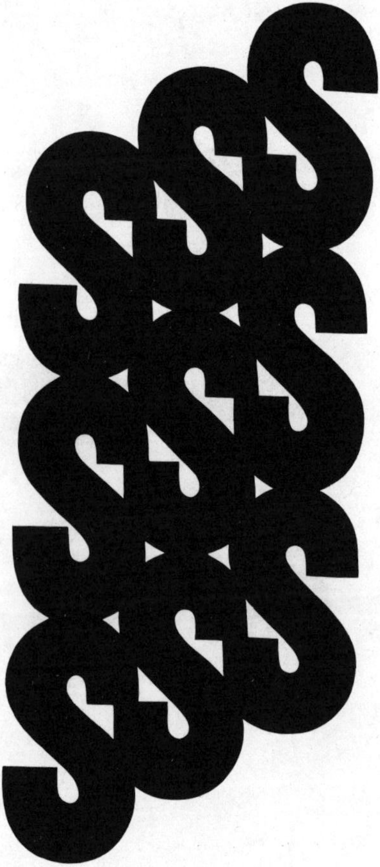

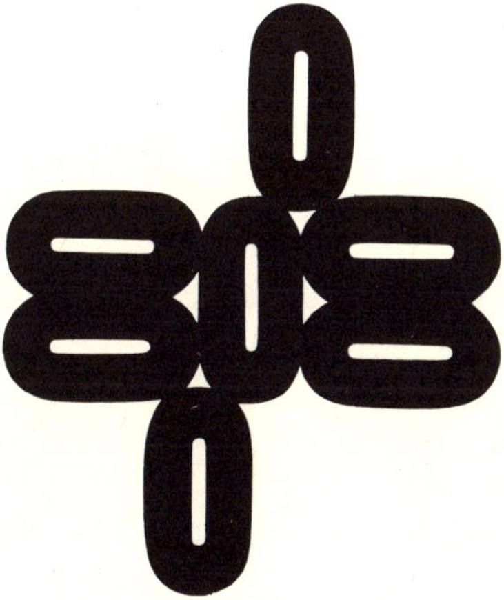

s a u

a u s

u s a

franz mon

geboren 1926 in frankfurt a. m. studium der germanistik, geschichte, philosophie an den universitäten in frankfurt a. m. und freiburg i. br. seit 1956 verlagslektor in frankfurt a. m. 1960 zus. mit w. höllerer und m. de la motte herausgeber der anthologie »movens. dokumente und analysen zur dichtung, bildenden kunst, musik, architektur« (wiesbaden: limes). 1963 gründung des typos-verlages. 1968 zus. mit h. neidel redakteur des vom institut für moderne kunst, nürnberg, herausgegebenen tagungsberichts »prinzip collage« (neuwied/berlin: luchterhand; edition otto f. walter, 1). 1971 herausgeber einer platte »phonetische poesie« (ebd.), 1973 zus. mit h. heißenbüttel herausgeber der »antianthologie« (münchen: hanser). ausstellungen visueller poesie, 1986 überblicksausstellung im frankfurter kunstverein. lebt in frankfurt a. m.

veröffentlichungen

artikulationen. pfullingen: neske, 1959. · protokoll an der kette. zus. mit b. schultze. köln: galerie der spiegel, 1960/61. · verläufe. zus. mit k. o. goetz. stuttgart: handpressendruck k. burkhardt, 1962. · sehgänge. berlin: fietkau, 1964. (schritte. 8.) · rückblick auf isaak newton. zus. mit h. bleckert. 5 beliebige fassungen. stuttgart: [o. v.] 1966. (rot. 28.) · lesebuch. neuwied/berlin: luchterhand, 1967. (luchterhanddruck. 1.) neuausg.: ebd. 1972. (sammlung luchterhand. 57.) · ainmal nur das alphabet gebrauchen. stuttgart: edition hansjörg mayer, 1967. · herzzero. neuwied/berlin: luchterhand, 1968. · texte über texte. ebd. 1970. · text mit 600. frankfurt a. m.: galerie patio, 1970. · aufenthaltsraum. zus. mit t. lenk. duisburg: hildebrandt, 1972. (hundertdruck. 11.) · maus im mehl. frankfurt a. m.: galerie patio, 1976. · hören und sehen vergehen. spenge: ramm, 1978. · fallen stellen. ebd. 1981. · hören ohne aufzuhören. linz: edition neue texte, 1982. (neue texte. 26/27.) · es liegt noch näher. spenge: ramm, 1984. · franz mon. frankfurt a. m.: kunstverein, 1986. · augen genau. dreieich: schierlingspresse, 1986. · was hältst du denn von bielefeld? bielefeld: pendragon, 1987. · das wort auf der zunge. berlin: janus press, 1991. · nach omega undsoweiter. spenge: ramm, 1992. · ausgeartetes auspunkten. zürich: edition howeg, 1997. · visuelle texte. köln: edition hundertmark, 1997. · texterlebnisse. karlsruhe: staatliche hochschule für gestaltung, 1998. · wörter voller worte. spenge: ramm, 1999.

schallplatten: das gras wies wächst. saarbrücken: saarländischer rundfunk, 1969. neuwied/berlin: luchterhand, 1971. · blaiberg funeral. stockholm: sr records, 1970. (text sound compositions. 7.) · artikulationen. cbs 69145. 1975. (poesia sonora.)

hörspiele.

zur poesie der fläche. texte in den zwischenräumen. st. gallen: édition galerie press, 1966. (serielle manifeste. 9.) · darüber hinaus enthält fast jede buchpublikation mons auch theoretische texte.

druckvorlagen: ainmal nur das alphabet gebrauchen (101, 105, 106, 108, 175 f.); lesebuch. neuausg. (103, 104); text + kritik nr. 25, 1970 (102); rot 21, 1965 (107); texte über texte (169–175).

ainm l
urd s
ph bet
g c

o u   u o
n o   o n

o n   n o
u o   o u

akklamation der verneinung

no
nai
non
nain
none
naina
nonei
nainai
nonein
nainain
noneina
nainaina
noneinai
nainainai
noneinain
nainainain

wo: wenn es wo war
wer: wenn es wer war
wann: wenn es wann war
was: wenn es was war
wie: wenn es wie war

war wo es wenn wie
war wie es wenn was
war was es wenn wann
war wann es wenn wer
war wer es wenn wo

es war wo wenns wer war
es war wer wenns wann war
es war wann wenns was war
es war was wenns wie war
es war wie wenns wo war

sehs
sehs selbst
sehs selbst schön
sehs selbst schön vor
sehs selbst schön vor mir
seh mich selbst schön vor mir
seh mich selbst schön vor
seh mich selbst schön
seh mich selbst
seh mich
sahs
sahs selbst
sahs von selbst
sahs von selbst schön
sahs von selbst schön vor
sahs von selbst schön vor augen
sahs selbst schön vor augen
sahs schön vor augen
sahs vor augen
sah augen
sah ein knab ein röslein stehn

r

o r o

t o r o t

o t o r o t o

r o t o r o t o r

o t o r o t o

t o r o t

o r o

r

t

t o t

t u t

t a t

t e t

t o t

t

lauf ich lief ich faul ich fall ich

lief ich fiel ich fall ich fiel ich

fiel ich fall ich fiel ich lief ich

fall ich faul ich lief ich lauf ich

faul ich lauf ich lauf ich faul ich

lauf ich fiel ich faul ich fiel ich

lief ich fall ich fall ich lief ich

fiel ich faul ich fiel ich lauf ich

fall ich lauf ich lief ich faul ich

faul ich lief ich lauf ich fall ich

lauf ich lief ich faul ich fall ich

lauf ich fiel ich faul ich fiel ich

lauf ich fall ich faul ich lief ich

lauf ich faul ich faul ich lauf ich

lief ich fiel ich fall ich fiel ich

lief ich fall ich fall ich lief ich

lief ich faul ich fall ich lauf ich

lief ich lauf ich fall ich faul ich

fiel ich fall ich fiel ich lief ich

fiel ich faul ich fiel ich lauf ich

diter rot

geboren 1930 in hannover. 1943 übersiedlung in die schweiz. 1947 grafikerlehre in bern. 1951–55 gelegenheitsarbeiten in solothurn und bern. 1954 kunstpreis für malerei. 1956 textil-designer für unica-vaev in kopenhagen. 1957 übersiedlung nach reykjavik. gelegenheitsarbeiten, zahlreiche reisen. 1964–66 dozent in philadelphia, new haven, providence. 1967 wieder reykjavik, dann london und basel. 1968/69 professor an der kunstakademie düsseldorf. zahlreiche einzelausstellungen seit 1960. œuvre-ausstellung »grafik und bücher 1947–1971«, den haag u. a. 1972 ff. seit 1973 konzerte »selten gehörte musik« zus. mit g. rühm, o. wiener und anderen. 1974 gründung eines eigenen verlags. 1975–87 herausgeber der »zeitschrift für alles«. gestorben 1998 in basel.

veröffentlichungen

gesammelte werke. stuttgart: edition hansjörg mayer, 1969 ff. [werden alle bisherigen selbständigen und unselbständigen veröffentlichungen diter rots in faksimiliertem oder rekonstruiertem zustand enthalten. bisher erschienen:] tl. 1 (bd. 1–20). 1969–76. · tl. 2 (bd. 21–40): bd. 36: 96 piccadillies. 1977. bd. 40: bücher und grafik (2. teil). 1979. bd. 38: kleinere werke (3. teil). 1980. bd. 39: kleinere werke (4. teil). 1986. bd. 37: 1234 weiche schnellstzeichnungen. 1987.

werkauswahl: frühe schriften und typische scheisse. darmstadt/neuwied: luchterhand, 1973. (sammlung luchterhand. 125.) · werke. solothurn: kunstmuseum, [1995].

schallplatten: selten gehörte musik. zus. mit g. rühm, o. wiener und anderen. stuttgart: edition hansjörg mayer, 1973 ff.

video: scheissegedichtlesung. stuttgart: edition hansjörg mayer, 1976.

grafik, objekte und anderes in verschiedenen editionen.

druckvorlagen: rot 21, 1965 (110); gesammelte werke. bd. 2 (111, 112, 113).

abwesendes material
viele kleine teile
anwesendes material
negative farbe positive felder
abwesendes material
wenige große teile
anwesendes material
horizontale seiten
abwesendes material
viele kleine teile
anwesendes material
negative farbe positive felder
abwesendes material
wenige große teile
anwesendes material
bild
anwesendes material
wenige große teile
abwesendes material
positive farbe negative felder
anwesendes material
viele kleine teile
abwesendes material
vertikale seiten
anwesendes material
wenige große teile
abwesendes material
positive farbe negative felder
anwesendes material
viele kleine teile
abwesendes material

t

u

u

u

t tu

u

u

t ut

u

t t

t

r e p e t e r e
e e p e e e e e
p p p p p p p p
e e p e e e e e
t e p e t e t e
e e p e e e e e
r e p e t e r e
e e p e e e e e

repetere
eepeteee
pppppppp
eepeteee
tepetete
eepeteee
repetere
eepeteee

r e p e t e r
r e p e t e r
r e p e t e r
r e p e t e r
r e p e t e r
r e p e t e r
r e p e t e r
r e p e t e r

bi id

!q p!

di ib

!p q!

pi iq

!d b!

qi ip

!b d!

gerhard rühm

geboren 1930 in wien. klavier- und kompositionsstudium an der staatsakademie für musik in wien (1945–51). 1951/52 beschäftigung mit orientalischer musik in beirut. seit 1952 literarisch tätig. literarisches cabaret mit f. achleitner, h. c. artmann, k. bayer, o. wiener in wien 1958/59. mitglied der wiener gruppe und herausgeber der anthologie »die wiener gruppe« (reinbek: rowohlt, 1967; erw. neuausg.: ebd. 1985). rühm gab ferner heraus: die pegnitzschäfer (berlin: gerhardt, 1964); konrad bayer: der sechste sinn (reinbek: rowohlt, 1966); k. bayer: das gesamtwerk (ebd. 1977); konrad bayer symposion (linz: edition neue texte, 1981); k. bayer: sämtliche werke (stuttgart: klett-cotta, 1985); franz richard behrens: blutblüte (münchen: edition text + kritik, 1979). seit 1952 auch bildnerische arbeiten. seit 1972 professor an der hochschule für bildende künste in hamburg. seit 1973 konzerte »selten gehörte musik« mit d. rot, o. wiener und anderen. ausstellungen visueller poesie und bildnerischer arbeiten. lebt in köln.

veröffentlichungen

hosn rosn baa. zus. mit f. achleitner und h. c. artmann. wien: frick, 1959. · konstellationen. frauenfeld: eugen gomringer press, 1961. (konkrete poesie / poesia concreta. 4.) · lehrsätze über das weltall mit beweis in form eines offenen briefes an professor einstein in einer von gerhard rühm bearbeiteten neuauflage. berlin: magdalinski, 1965. · betrachtung des horizonts. ebd. 1965. · farbengedicht. ebd. 1965. · selbstmörderkranz. berlin: rainer, 1966. · daheim – 10 text- und 10 foto montagen. ebd. 1967. · kleine billardschule. ebd. 1968. · rhythmus r. ebd. 1968. · thusnelda-romanzen. stierstadt: eremiten-presse, 1968. neuausg.: düsseldorf: eremiten-presse, 1979. · rühm's schablone für zeitungsleser. berlin: galerie block, 1968. (edition. 12.) · fenster. texte. reinbek: rowohlt, 1968. · DA – eine buchstabengeschichte für kinder. frankfurt a. m.: insel, 1970. · gesammelte gedichte und visuelle texte. reinbek: rowohlt, 1970. · knochenspielzeug. stierstadt: eremiten-presse, 1970. (broschur. 13.) neuausg.: düsseldorf: eremiten-presse, 1979. · die frösche und andere texte. reinbek: rowohlt, 1971. (rororo 1460.) · ophelia und die wörter. gesammelte theaterstücke 1954–71. neuwied/berlin: luchterhand, 1972. · mann und frau. ebd. 1972. · wahnsinn. litaneien. [mit schallplatte.] münchen: hanser, 1973. ·

bücher bilder bilder-bücher. berlin: galerie am mehringdamm, 1976. · komm mit nach österreich. zus. mit c. l. attersee. grenchen: edition konus-presse, 1976. · adelaides locken. köln: edition hundertmark, 1979. · super record 50 + 50. zus. mit f. achleitner. linz: edition neue texte, 1981. · schriftzeichnungen 1956–1977. hannover: zweitschrift, 1982. · text – bild – musik. wien: edition freibord, 1984. [mit bibliographie.] · albertus magnus angelus. salzburg: residenz, 1988. · botschaft an die zukunft. reinbek: rowohlt, 1988. · reisefieber. ebd. 1989. · geschlechterdings. ebd. 1990. · textall. reinbek: rowohlt, 1993. · alltägliche gewalt. köln: thürmchen, 1993. · bravo. innsbruck: haymon, 1994. · knochenspielzeug. düsseldorf: eremiten-presse, 1995. · drei kinematografische texte. wien: edition freibord, 1996. · visuelle poesie. innsbruck: haymon, 1996. · kunst-stücke. wien: libro, 2000. · um zwölf uhr ist es sommer. stuttgart: reclam, 2000.

schallplatten/tonbänder: ich küsse heiß den warmen sitz. heidelberg: da camera, 1970. (da camera song sm. 95022.) · abhandlung über das weltall. hattingen–blankenstein: edition s press, 1972 (s press tonkassette. 8.) · ophelia und die wörter. neuwied: luchterhand, 1973. · litaneien. düsseldorf: edition s press, 1975. (s press tonkassette. 34.) · wiener dialektgedichte. ebd. 1975. (s press tonkassette. 46.) · wintermärchen. baden: edition niederösterreich, 1984. · wiener dialektgedichte. münchen: köhler, 1990. kassette. · auf messers schneide. innsbruck: haymon, 1995. cd.

theaterstücke, z. t. mit k. bayer [vor allem], f. achleitner und h. c. artmann, hörtexte und partituren.

filme: 3 kinematografische texte. sender freies berlin, 1969/70. · ophelia und die wörter. [filmfassung.] ebd. 1970. · witz. hessischer rundfunk, 1971. · selbstbeobachtung. saarländischer rundfunk, 1978.

grafik und objekte in verschiedenen editionen.

druckvorlage: gesammelte gedichte und visuelle texte.

zart
zart
zart
zart
zart
zart
zart
zart
zart
zart
zart
zart
zart
zart
zart
zart
zart
zart
zart
zart
zart
zart
zart
zart
zart
zart
zart
zart
zart
zart
zart
zart
zart
zart
zart
zart
zart
zart
zart
zart
zart
hart
zart

wand wand wand wand
   bild   bild   bild
wand wand wand wand
   bild   bild   bild
wand wand wand wand
         wild   wild
            hand
               wild
     hand hand
        wild
                 wund

un dun dun dun dun dun d
un dun dun dun dun dun d
un dun dun dun dun dun d
un dun dun dun dun dun d
un dun dun dun dun dun d
un dun dun dun dun dun d
un dun dun dun dun dun d
un dun dun dun dun dun d
un dun dun dun dun dun d
un dun dun dun dun dun d
zer br eche n

alles alles alles alles
alles alles alles alles
alles alles alles alles
alles alles alles alles
alles alles alles alles
alles alles alles alles
alles alles alles alles
alles alles alles alles

jetzt

Jetzt

Jetzt

jetzt

Jetzt

Jetzt

jetzt

jetzt

jetzt

jetzt

jetzt

Jetzt

uuuuuuuuuuuuuuuuu
uuuuuuuuuuuuuuuuu
uuuuuuuuuuuuuuuuu
uuuuuuuuuuuuuuuuu
uuuuuuuuduuuuuuuu
uuuuuuuuuuuuuuuuu
uuuuuuuuuuuuuuuuu
uuuuuuuuuuuuuuuuu
uuuuuuuuuuuuuuuuu

leib leib leib leib
leib leib leib leib
leib leib leib leib
leib leib leib leib
leib leib leib leib
leib leib leib leib
leib leib leib leib
leib leib leibleib

rennen rennen
rennen rennen
rennt rennt
rennt rennt
rinnt
rinnt
rennen rinnt
rinnen rennt
rinnen rinnen
rinnen rinnen
innen
innen
rinnen rinnen
ge rinnen
ge rinnen
ge gen
engen engen
enge
enger
ge gen
ge gen über
über rennen
rennen rennt
über rinnen
rinnen
über rinnt

flog flog

schweigen
sch wiegen
schw eigen
sch wiegen
schweigen
sch wiegen
schw eigen
sch wiegen
schweigen

konrad balder schäuffelen

geboren 1929 in ulm. studium der medizin und philosophie in tübingen, münchen, paris und frankfurt a. m. (1949–56 und 1958–62). promotion zum dr. med. längere auslandsaufenthalte, u. a. in rom, prag und dem mittleren orient. 1966–70 psychiater am max-planck-institut für psychiatrie in münchen. seither niedergelassener psychotherapeut, freier schriftsteller, bildender künstler und übersetzer experimenteller literatur aus dem tschechischen. ausstellungen visueller poesie und bildnerischer arbeiten. lebt in münchen.

veröffentlichungen

en gros & en detail. stuttgart: [o. v.] 1965. (rot. 22.) · bilderspiegel. zus. mit j. kolař. köln: hake, 1966. (reihe tangenten.) · e 635 von tulln nach tabor. zus. mit j. kolař. bad homburg v. d. h.: gulliver presse, 1966. · raus mit der sprache. frankfurt a. m. suhrkamp, 1969. · sprache ist fuer wahr ein koerper. münchen: lenbachhaus, 1976. · konrad balder schäuffelen. essen: museum folkwang, 1979. · gegen stände sätze. erlangen/münchen: renner, 1979. · nadel buch. berlin: rainer, 1985.

objekte in verschiedenen editionen.

druckvorlagen: raus mit der sprache (127, 128, 129, 131, 132); en gros & en detail (130, 133).

46 mal augen
eine Augengeschichte in 3 Akten

1. die augen überall gehabt

4 augen sehen mehr als 3
3 augen sehen mehr als 2
2 augen sehen mehr als 1

1 auge auf sie geworfen

schöne augen gemacht
in die augen gesprungen
die augen niedergeschlagen
im auge gehabt
ein auge riskiert
das auge gehoben
in die augen geschaut

blaue augen
braune augen

von den augen abgelesen
mit anderen augen gesehen
kein auge zugetan

2. mit sehenden augen blind
die augen geöffnet
die augen aufgegangen
grosse augen gemacht
die augen übergegangen
schuppen von den augen gefallen

kein auge zugedrückt
aus den augen gegangen
den augen nicht getraut
vor die augen gekommen
in die augen gestochen
auge
in auge
auge
um auge
mit freiem auge
mit wachsamem auge
mit bewaffnetem auge
mit blauem auge

3. unter 4 augen
unter 3 augen
unter 2 augen

1 augen blick

aus den augen gesehen
aus den augen gekommen
sich die augen ausgesehen
sich die augen ausgeweint

mit einem weinenden auge
und einem lachenden auge

fleisch	**wasser**	**flügel**	**messer**	**rad**
fleisch	**lippen**	**flügel**	**wagen**	**rad**
fleisch	**farben**	**flügel**	**wind**	**rad**
fleisch	**haken**	**flügel**	**minen**	**rad**
fleisch	**nasen**	**flügel**	**schwung**	**rad**
fleisch	**kot**	**flügel**	**schrauben**	**rad**
fleisch	**lungen**	**flügel**	**zahn**	**rad**

hessisch

desisefresse

desisegefu
egefun
egefunne
egefunnen
egefunnenes

ei
eingefu
eingefundenes
eingefundenesfre
eingefundenesfressen

hasdedeiei
hasdedeieis
hasdedeieischogefresse

hasdedeifressegefunne
wer findet der frißt
frißtegefunnenesfresse

schwäbisch

umulmrum

nach mencha nei
nach seflenga naus
nach schturgert nontr
ens allgai nauf
diller nauf

nach neiulm nom
ens boirische niber
nach elchenga na
dona na

mon	a	de	mo	iselle
mon	e	te	mo	igner
mon	i	tor	mo	rast
mon	o	ton	mo	dell
mon	u	mento	mo	ri

andré thomkins

geboren 1930 in luzern. studium an der école des arts et métiers in luzern 1946/47. je zwei längere auslandsaufenthalte in paris und voorburg (holland). lebte seit 1951 in deutschland und war seit 1970 professor an der kunstakademie düsseldorf. beteiligt an zahlreichen ausstellungen, u. a. mit diter rot und daniel spoerri an der ausstellung »fründ, friends, freunde + freunde«, vgl. die dazu erschienene, für biografie und selbstverständnis von thomkins, spoerri und rot wichtige katalogpublikation (stuttgart: edition hansjörg mayer, 1969). wichtige einzelausstellung 1971 in luzern: galerie raeber. übersetzungen, u. a. daniel spoerris, aus dem französischen. gestorben 1985 in berlin.

veröffentlichungen

oh! cet echo. essen, schleiden: [o. v.] 1963. · dogmat-mot. köln: galerie der spiegel, 1965. (editon mat + mat-mot.) · schwebzeile. aachen: kuhn, 1967. · (palindrome). stuttgart: edition hansjörg mayer, 1968. (futura. 25.) · zahnschutz gegen gummiparagraphen. remscheid: vice versand, 1968. · palindrome. luzern: galerie raeber, 1971. · andré thomkins. hannover: kestner-gesellschaft, 1974. · die druckgrafik und monotypisches. zürich: edition stähli, 1977. · permanentszene. zeichnungen, aquarelle, bilder, collagen, objecte und texte von 1946–1977. stuttgart: edition hansjörg mayer, 1978. · ashleue analyse. berlin: berliner künstlerprogramm des daad, 1981. · labyrinthspiel. 2 bde. berlin: akademie der künste, 1989. · mappe für eva. münchen: kehayoff, 1998. · andré thomkins: 1930–1985. köln: dumont, 1999.

correspondance 1948–1977. stuttgart: edition hansjörg mayer, 1985.

druckvorlagen: vom autor.

PERMANENTERFORMWEG
RAMMWENNPFORTEREGE
OPFERWERTMENGENARM
GERNOPFERTAMMENWER
REFORMWEGPERMANENT
AMORFPERMENGENWERT
MENGEWARMERTROPFEN
MENGERNAPFWORTMEER
ERWOGERNTENMAMPFER
ENORMERWERTEMPFANG
NEGEROPFERRAMMTWEN
TROPFWEMMEERGERANN
WAREPERMENGENFORMT
EMPORWERFTGERMANEN
RENNOPFERRAMMTEWEG
FORMPERWARTEMENGEN
EPENFORMREGNETWARM
NARRTWEGFERNEMPOEM

lunds wandlungen
bis zum letzten atemzug anagrammiert.
(hold-up & kreuzigung)

W A N D L U N G E N

»W U N G«, L A N D E N!
L U N D G E W A N N
N U N L A N D W E G.

L U G E N D, W A N N
W U N D A N G E L N
G E N W A L D N U N
»G U N«-W A N D E L N.

W A L D N U N E N G;
L E G N U N W A N D,
W E N N L A D U N G
G U L D W A N N E N,

W A N N G E L D N U,
W A N N G U L D E N
G E W A N N **L U N D**.

+

N U N D E N W A L G:

G
N
W U N D N A G E L N
L
U
D
N
N
E
W

D A N G E L-W U N N
W U N G E L-D A N N

+

q

u

minutieux

z

i

est heureux

e

e

s

s

s

t

a

7 palindrome

»oh cet écho!«

»reflexelfer«

»dreh magiezettel um – amulette zeig am herd«

»dogma I am god«

»STRATEGY : GET ARTS«

»eher stier ebnete die wege, weideten bereits rehe«

»reize vitaler stiere bereits relative zier«

timm ulrichs

geboren 1940 in berlin. architekturstudium, dann »gelegenheitsarbeiter« (ulrichs) und freischaffender künstler. gründete 1960 und leitet seither eine »werbezentrale für totalkunst und banalismus«, einen kunstbetrieb (zimmergalerie und zimmertheater) und eine kunstpraxis (seit 1969). seit 1972 professor an der kunstakademie düsseldorf, abteilung münster. zahlreiche ausstellungen. 1975/76 wanderausstellung »retrospektive 1960–1975«. lebt in hannover und münster.

veröffentlichungen

fragment. hannover: selbstverlag, 1964. · klartexte. ebd. 1966. · spielpläne. ebd. 1967. · beschriebene blätter. ebd. 1967. · schriftstücke. münchen: jürgen-willing-verlag, 1967. · um nicht zu sagen: ganz zu schweigen von (timm-ulrichs-bulletin). hannover: selbstverlag, 1968. · qwertzuiopü. ebd. 1968. · des grossen erfolges wegen. ebd. 1968. · lesarten und schreibweisen. stuttgart: [o. v.] 1968. (rot. 33.) · weiter im text. hannover: selbstverlag, 1969. · vorsicht, kunst. hannover: kestner-gesellschaft, 1969. · permutation. hannover: selbstverlag, 1971. · die zeitungsannonce als kunstwerk. ebd. 1974. · übersetzung ... (ein polyglotter zyklus). ebd. 1974. · retrospektive 1960–1975. braunschweig: kunstverein, 1975. · konstruktion und rekonstruktion. utrecht: gamm(a), 1977. (gammagazine. 2.) · ich mache (diese) schlagzeilen! hannover: selbstverlag, 1977. · ich, gott & die welt. ebd. 1977. · lektionen. frankfurt a. m.: patio, 1979. (patios raritäten-bücher. 18.) · die kunst des schönen schreibens. 2 bde. hannover: zweitschrift, 1980. · totalkunst. angesammelte werke. ludwigshafen: wilhelm-hack-museum, 1984.

flugblätter, einzeldrucke und objekte in verschiedenen verlagen und im selbstverlag.

druckvorlagen: rot 33 (141, 145, 146, 147); vom autor (140, 142, 143, 144).

denk-spiel
(nach descartes)

ich denke, also bin ich.
ich bin, also denke ich.
ich bin also, denke ich.
ich denke also: bin ich?

ebbeebbeebbeebbeebbe
ebbeebbeebbeebbe   flut
ebbeebbeebbe   flutflut
ebbeebbe   flutflutflut
ebbe   flutflutflutflut
    flutflutflutflutflut
ebbe   flutflutflutflut
ebbeebbe   flutflutflut
ebbeebbeebbe   flutflut
ebbeebbeebbeebbe   flut
ebbeebbeebbeebbeebbe
ebbeebbeebbeebbe   flut
ebbeebbeebbe   flutflut
ebbeebbe   flutflutflut
ebbe   flutflutflutflut
    flutflutflutflutflut
ebbe   flutflutflutflut
ebbeebbe   flutflutflut
ebbeebbeebbe   flutflut
ebbeebbeebbeebbe   flut
ebbeebbeebbeebbeebbe
ebbeebbeebbeebbe   flut
ebbeebbeebbe   flutflut
ebbeebbe   flutflutflut
ebbe   flutflutflutflut
    flutflutflutflutflut
ebbe   flutflutflutflut
ebbeebbe   flutflutflut
ebbeebbeebbe   flutflut
ebbeebbeebbeebbe   flut
ebbeebbeebbeebbeebbe
ebbeebbeebbeebbe   flut
ebbeebbeebbe   flutflut
ebbeebbe   flutflutflut
ebbe   flutflutflutflut
    flutflutflutflutflut
ebbe   flutflutflutflut
ebbeebbe   flutflutflut
ebbeebbeebbe   flutflut
ebbeebbeebbeebbe   flut
ebbeebbeebbeebbeebbe
ebbeebbeebbeebbe   flut
ebbeebbeebbe   flutflut
ebbeebbe   flutflutflut
ebbe   flutflutflutflut
    flutflutflutflutflut

roseroseros   erose
roseroseroseroserose
roseroseroseroserose
roseroseroseroserose
roseroseroseroserose
roseroseroseroserose
roseroseroseroserose
roseroseroseroserose
roseroseroseroserose
roseroseroseroserose
roseroseroseroserose
           eros

s

s s

t

t t

s t e t s

t t

t

s s

s

ordnung   ordnung
ordnung   ordnung
ordnung   ordnung
ordnung   ordnung
ordnung   ordnung
ordnung unordn g
ordnung   ordnung
ordnung   ordnung
ordnung   ordnung
ordnung   ordnung
ordnung   ordnung

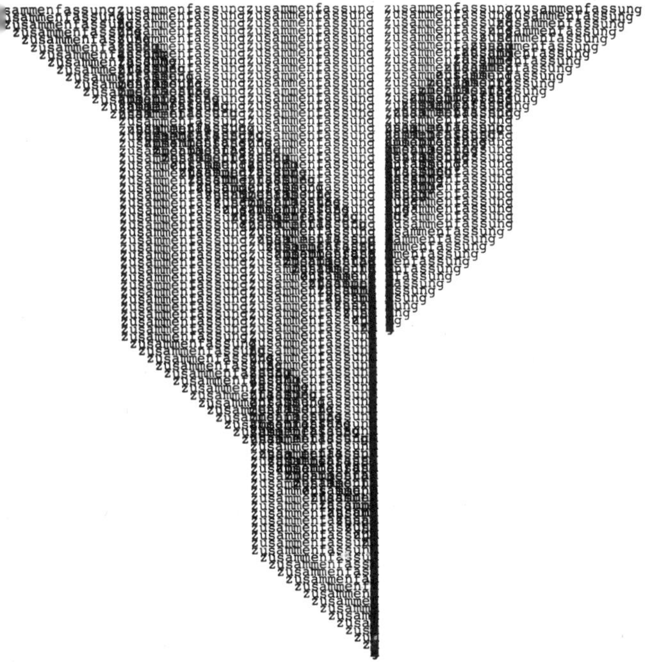
sammenfassungzusammenfassungzusammenfassung zusammenfassungzusammenfassung

```
imageimageimageimageimageimageimage
imageimageimageimageimageimageimage
imageimageimageimageimageimageimage
                              image
                              image
                              image
imageimageimageimageimage     image
imageimageimageimageimage     image
imageimageimageimageimage     image
image               image     image
image               image     image
image               image     image
image     magie     image     image
image     imageimageimage     image
image     imageimageimage     image
image     imageimageimage     image
image                         image
image                         image
image                         image
imageimageimageimageimageimageimage
imageimageimageimageimageimageimage
imageimageimageimageimageimageimage
```

to so
tors
 ors
   so
 or o
 o so
t rs
tor
t r
to
t
 o
 or
t s
tor o
 orso
  rso
  rs
   s
    o
  r
  r o
 o s
t   o
to o
to s
t r o
t so
 o o
t rso

wolf wezel

geboren 1935 in ludwigsburg. jura- und philologiestudium in tübingen und münchen, dr. phil. als justitiar einer versicherungsgesellschaft in münchen tätig. mitbegründer des studio UND, münchen. herausgeber der edition UND. lebt in gräfelfing bei münchen.

veröffentlichungen

sandkerben. stuttgart: burkhardt, 1961. · meinsein. münchen: jürgen-willing-verlag, 1968. (edition UND.) · tensione (mappe calderara). zürich: [o. v.] 1971. · eins. münchen: willing, 1972. · worte. münchen: edition UND, 1977. · 96/96. münchen: ottenhausen, 1978. · gelbrot-blau. aachen: ottenhausen, 1986. · sequenzen. piesport: ottenhausen, 1988.

druckvorlagen: konzeptionelle kunst. mailand: vanni scheiwiller, 1970 (149); meinsein (150, 151, 152, 153).

u
du
du
du
du
du
du
d

```
 s
me
 in
 n
```

s
e n
m i
n

mәinsein

mein

s
e
i
n

theoretische texte

eugen gomringer

vom vers zur konstellation

zweck und form einer neuen dichtung

> rien n'aura lieu
> exepté
> peut-être
> une constellation (mallarmé)

unsere zeit spricht, wie jede zeit, ihre eigene sprache. sie spricht vor allem, auch wenn sie schreibt und viel schreibt. der heutige mensch will rasch verstehen und rasch verstanden werden, und viele menschen – die zahl der menschen wird sich beträchtlich vermehren – wollen zudem rasch von vielen andern menschen verstanden werden. das mittel ist die direkte sprache und die schrift, das schreiben und das lesen sind übel, die viel aufwand erfordern. mit andern worten: für schnelle kommunikation ist das ferngespräch geeigneter als der brief, der funk geeigneter als die presse.
unsere sprachen befinden sich auf dem weg der formalen vereinfachung. es bilden sich reduzierte, knappe formen. oft geht der inhalt eines satzes in einen einwort-begriff über, oft werden längere ausführungen in form kleiner buchstabengruppen dargestellt. es zeigt sich auch die tendenz, viele sprachen durch einige wenige, allgemeingültige zu ersetzen.
durch ihren modernen zeichencharakter hat sich jedoch die schrift an die notwendigkeit der schnelleren kommunikation angepaßt. sie wird neben der gesprochenen sprache so notwendig, wie es optische eindrücke neben akustischen sind. zugleich tritt sie in den bereich praktisch-ästhetischer wertung. die schlagzeile und das schlagwort schlagen nicht nur durch lautkombination und inhalt, sie schlagen auch durch das schriftbild. ähnliches gilt auch von längeren texten, die visuell behandelt und nach grafischen gesichtspunkten gesetzt werden. hier ist es nicht nötig, daß der einzelne buchstabe schlägt, sondern daß der text als ganzes ge-

winnt. das gleichmäßigste, angenehmste und rationellste schriftbild erreicht die konsequente kleinschrift. es läßt sich übrigens denken, daß zukünftig noch andere visuelle ausdrucksmittel in den dienst der kommunikation gestellt werden oder daß die bewährten – wie die schrift – auf neuartige weise verwendung finden.

bedeutet diese verknappung und vereinfachung der sprache und der schrift das ende der dichtung? gewiß nicht. knappheit im positiven sinne – konzentration und einfachheit – sind das wesen der dichtung. daraus wäre zu schließen, daß heutige sprache und dichtung gemeinsames haben müßten, daß sie einander formal und substantiell speisen würden. diese verwandtschaft besteht und sie besteht nicht. sie besteht manchmal, unbeachtet, im alltag, wo aus schlagzeilen, schlagworten, laut- und buchstabengruppen gebilde entstehen, die muster einer neuen dichtung sein können und nur der entdeckung oder sinngebenden verwendung bedürfen.

verwandtschaft besteht aber weder formal noch substantiell, wo verse geschrieben werden, das gedicht in versform ist entweder eine historische größe oder, wenn heutig, eine kunsthandwerkliche reminiszenz. ein lebendiges ordnungsprinzip der sprache ist der vers nicht mehr. seine besondere sprache ist abgetrennt von der sprache des gelebten lebens. zwischen dem vers-gedicht und der gesellschaft besteht keine beziehung (außer der wertschätzung der großen vergangenheit), weshalb viele dichter der gesellschaft vorwürfe machen. der fehler liegt aber bei diesen dichtern.

wenn jedoch das in einer der traditionellen versformen geschriebene gedicht (auch der raffiniertere freie vers ist hier einzuschließen, wenn man ihn nicht zur prosa zählen will) heute meist ohne ansprüche auf stellvertretung für zeitsprache und zeitgefühl auftritt, so wird dieser platz um so mehr von der irrationalistischen dichtung beansprucht, zu der sich ein großteil der jungen deutschen, spanischen und südamerikanischen dichter bekennt. in dieser dichtung wird der individualistische ausdruck gepflegt, und das gemeinsame besteht im formalen lediglich in einer auffälligen häufung von genitivischen metaphern. die dichtung unserer zeit und die dichtung der zukunft, einer wahrscheinlich noch bewußter organisierten zeit, kann aber nicht darauf beruhen – wenn sie der gesellschaft dienen will –, daß sie individualistische gefühle und gedanken in einer sprache ausdrückt, die vor allem einige eifrige interpreten interessiert. mit irgendwelchen katharsischen funktionen surrealistischer art dürfte die dichtung nichts mehr zu tun haben. es stellt sich heute vielmehr die aufgabe, die dichtung unserer zeit in ihrem entwicklungsgeschichtlichen standort, ihrem mittel, ihrer abhängigkeit und ihrem zweck zu bestimmen, um uns damit ihre form zu gewinnen.

die neue dichtung ist entwicklungsgeschichtlich begründet. ihre anfänge sind in den versuchen eines arno holz (phantasus-gedichte) wie in denen des späten mallarmé und in den »calligrammes« von apollinaire zu sehen. sie kündet sich bei diesen dichtern durch eine neugestaltung der gedichte an. sie beruht bei arno holz darauf, daß rhythmisch zusammengehörige worte in einer zeile versammelt wurden, wodurch das bekannte bild der kurz- und langzeilen der phantasus-gedichte entstand. mallarmé und apollinaire bezweckten, mit verschiedener absicht, durch komplizierte typografische anordnungen, das einzelne wort aus der einebnenden syntax zu lösen und ihm – oder der einzelnen letter – das eigengewicht und die individualität zu geben. daß diese dichtung damit zu einem parallelfall eines in der bildenden kunst bekannten vorgangs wurde (kandinsky, klee, mondrian), beweist ihre teilnahme an einem allgemeineren prozeß: dem großen reinigungsprozeß, der da wie dort die elemente des aufbaus neu entdecken ließ. in der dichtung wurde das element »wort« neu entdeckt. die futuristische dichtung des kreises um marinetti, zum teil auch die expressionistische, ganz besonders aber die dadaistische dichtung erkannten und ergriffen das aus dem zusammenhang gelöste wort, unter anderem mit der bezeichnenden begründung – von hugo ball –, daß die besonderen umstände jener zeit eine begabung von rang nicht ruhen und reifen ließen, sondern auf die prüfung der mittel verwiesen. die weltanschauliche begründung und der ausdruckswille, der hinter dieser dichtung steht, sind uns nicht mehr zugehörig und sind nicht mehr zeitgemäß. wenn aber heute vorbehalte gegen die dichtung dieser typischen bewegungen einer umbruchzeit zu machen sind – sie war sehr oft stimmungsdichtung und ist es leider bei gottfried benn auch heute noch –, so kann deren leistung innerhalb der entwicklung der neuen dichtung, ihr experimentieren mit den lösungen, die für mallarmé, apollinaire und holz entdeckungen waren, nicht verkannt werden.

in amerika hat die mit dem wort und dem wortbild schaffende dichtung in e. e. cummings und william carlos williams zwei vertreter gefunden, die, in grundsätzlicher verschiedenheit, die neue dichtung in die gegenwart übergeführt haben. der beitrag cum-

mings' ist besonders dort bedeutend, wo seiner dichtung ein semiotisches interesse zugrunde liegt. dadurch, daß cummings aber seine gedichte unter die bestimmung »for you and for me« stellte, bekennt er sich zur menschlichen und artifiziellen entrückung, in welcher niemals das ziel der neuen dichtung gesehen werden kann. bedeutender ist eine anzahl gedichte von carlos williams. er hat die aussage so weit objektiviert, daß er mit seinem sparsamen, konzentrierten mittel »wort« eine welt alltäglicher amerikanischer tatsachen darstellen kann, zu der jeder zutritt hat. der nachteil seiner dichtung ist allgemein darin zu sehen, daß sie, als nachfahre des imagismus, abstrahierte beschreibungen gibt – mit einer impressionistischen note – und deshalb eigentlich nicht konsequente dichtung aus dem wort ist, auch wenn das ihre form auf den ersten blick vermuten läßt.
die form der neuen dichtung hängt vom mittel ab – dem wort – wie vom zweck, welcher der dichtung in der heutigen gesellschaft zugeschrieben werden kann.
zweck der neuen dichtung ist, der dichtung wieder eine organische funktion in der gesellschaft zu geben und damit den platz des dichters zu seinem nutzen und zum nutzen der gesellschaft neu zu bestimmen. da dabei an die formale vereinfachung unserer sprachen und den zeichencharakter der schrift zu denken ist, kann von einer organischen funktion der dichtung nur dann gesprochen werden, wenn sie sich in diese sprachvorgänge einschaltet. das neue gedicht ist deshalb als ganzes und in den teilen einfach und überschaubar. es wird zum seh- und gebrauchsgegenstand: denkgegenstand – denkspiel. es beschäftigt durch seine kürze und knappheit. es ist memorierbar und als bild einprägsam. es dient dem heutigen menschen durch seinen objektiven spiel-charakter, und der dichter dient ihm durch seine besondere begabung zu dieser spieltätigkeit. er ist der kenner der spiel- und sprachregeln, der erfinder neuer formeln. durch die vorbildlichkeit seiner spielregeln kann das neue gedicht die alltagssprache beeinflussen.
der zweck der neuen dichtung ist viel direkter als der der individualistischen dichtung. der unterschied zwischen der sogenannten gebrauchsliteratur und der designierten dichtung fällt nicht mehr ins gewicht. zwischen beiden besteht nahe verwandtschaft, ja es ist nicht abwegig zu denken, daß der unterschied einmal verschwindet, daß es in zukunft überhaupt nur noch eine art wirklicher gebrauchsliteratur geben wird. der beitrag der dichtung wird sein die konzentration, die sparsamkeit und das schweigen: das schweigen

zeichnet die neue dichtung gegenüber der individualistischen dichtung aus. dazu stützt sie sich auf das wort.
das wort: es ist eine größe. es ist – wo immer es fällt und geschrieben wird. es ist weder gut noch böse, weder wahr noch falsch. es besteht aus lauten, aus buchstaben, von denen einzelne einen individuellen, markanten ausdruck besitzen. es eignet dem wort die schönheit des materials und die abenteuerlichkeit des zeichens. es verliert in gewissen verbindungen mit anderen worten seinen absoluten charakter. das wollen wir in der dichtung vermeiden. wir wollen ihm aber auch nicht die pseudoselbständigkeit verleihen, die ihm die revolutionären stile gaben. wir wollen es keinem stil unterordnen, auch dem staccato-stil nicht. wir wollen es suchen, finden und hinnehmen. wir wollen ihm aber auch in der verbindung mit anderen worten seine individualität lassen und fügen es deshalb in der art der konstellation zu anderen worten.
die konstellation ist die einfachste gestaltungsmöglichkeit der auf dem wort beruhenden dichtung. sie umfaßt eine gruppe von worten – wie sie eine gruppe von sternen umfaßt und zum sternbild wird. in ihr sind zwei, drei oder mehr, neben- oder untereinandergesetzten worten – es werden nicht zu viele sein – eine gedanklich-stoffliche beziehung gegeben. und das ist alles!
die konstellation ist eine ordnung und zugleich ein spielraum mit festen größen. sie erlaubt das spiel. sie erlaubt die reihenbildung der wortbegriffe a, b, c, und deren mögliche variationen. so wird auch beispielsweise die inversion erst in der konstellation zu einer bewegenden größe, zu einem problem. die konstellation läßt auch die elementare satzverbindung zu: also vor allem das kleine und große wort »und«. auch es wird in der konstellation zu einer größe und steht statt der leere.
die konstellation wird vom dichter gesetzt. er bestimmt den spielraum, das kräftefeld und deutet seine möglichkeiten an. der leser, der neue leser, nimmt den spielsinn auf und mit sich: denn um die möglichkeiten des spieles zu wissen, ist heute gleichbedeutend dem wissen um eine endgültige klassiker-satzung. der dichter kann die konstellation auch so ausrichten, daß ihr der leser punkt um punkt folgt: er wird dadurch nicht vergewaltigt, denn die konstellation ist das letztmögliche absolute gedicht. die konstellation ist inter- und übernational. ein englisches wort mag sich zu einem spanischen fügen. wie gut paßt die konstellation auf einen flughafen! zu übersetzen ist die konstellation nicht. sie meint es wörtlich, einmalig.

die konstellation ist zur niederschrift und zum memorieren. sie ist zeichensprache wie abstrakt-gedankliches werkzeug. es ist der fehler früherer versuche einer reinen wortdichtung, daß sie entweder einseitig ans papier gebunden waren – als reine typografische elaborate – oder nur klanglich wirksam waren und dann dem bereich der dichtung entfielen. die konstellation kennt keine negation. denn jedes wort, das der dichter hinsetzt, ist! ein wort wie »nichts« wird in der konstellation unsinnig, kann nicht gebraucht werden: es hebt sich selbst auf. mit der konstellation wird etwas in die welt gesetzt. sie ist eine realität an sich und kein gedicht über . . .
ein beispiel der konstellation: gegeben sind die sechs spanischen worte: avenidas (straßen), flores (blumen), mujeres (frauen), admirador (bewunderer), y (und), un (ein). die konstellation, die ich vorschlage, sieht so aus:

avenidas
avenidas y flores

flores
flores y mujeres

avenidas
avenidas y mujeres

avenidas y flores y mujeres y
un admirador

man erkennt, daß die kombinatorik ein hilfsmittel der konstellation ist: ein direkterer einfluß auf die dichtung war der mathematik nie möglich. und man erkennt ferner, daß sich in der konstellation mechanistisches und intuitives prinzip in reinster form verbinden können. andere konstellationen zeigen, daß sie mit ihrem schriftbild die zeit aus dem gedicht entfernen, ein versuch, der dieses jahrhundert in der literatur vor allem durch james joyce (ulysses) unternommen wurde. sieht man die psychische frage in der konstellation?
die konstellation ist kein rezept, weder formal noch thematisch, sie nennt die »allzumenschlichen«, sozialen und erotischen probleme nicht. wenn diese probleme nicht weitgehend im leben gelöst werden können, gehören sie vielleicht in die fachliteratur.
die konstellation ist eine aufforderung.

1954

konkrete dichtung

sprachgebilde der konkreten dichtung unterscheiden sich in mehreren beziehungen von gedichten und texten, wie sie im strom der literarischen produktion unserer zeit entstehen.
der visuelle aspekt. konkrete sprachgebilde folgen entweder gar nicht der üblichen vers- und zeilenanordnung oder sie folgen dieser in einer so reduzierten form, daß man dabei nicht an das übliche gedichtbild denkt (um nur vom gedicht zu sprechen. längere texte halten sich vernünftigerweise an die lesbarsten präsentationsformen). ihr anblick läßt von häufung, verteilung, analyse, synthese und rasterung von sprachlichen zeichen, von buchstaben und worten, sprechen. die bekannte konventionelle anordnungsweise dieser zeichen wird als eine möglichkeit unter anderen berücksichtigt, jedoch nicht ungeprüft hingenommen und verwendet. die zeichenanordnung entsteht bei den meisten gebilden nach einem ihnen innewohnenden baugesetz, wobei sich gewisse systeme herausbilden können. es handelt sich also um nackte sprachliche struktur, und wie in der architektur gilt für die sichtbare form der konkreten dichtung, daß sie gleich deren struktur ist.
um aber doch vom inhalt zu sprechen. die inhaltsfrage ist für den konkreten dichter eng verbunden mit einer solchen der lebenshaltung, in welche die kunst wirksam miteinbezogen ist. seine lebenshaltung ist positiv, synthetisch-rationalistisch. so auch seine dichtung. sie ist für ihn nicht ventil für allerlei gefühle und gedanken, sondern ein sprachliches gestaltungsgebiet mit einem engen bezug zu modernen, naturwissenschaftlich und soziologisch fundierten kommunikationsaufgaben. ein inhalt ist deshalb nur dann interessant für den konkreten dichter, wenn sich seine geistige und materielle struktur als interessant erweist und sprachlich bearbeitet werden kann.
information und kommunikation. konkrete sprachgebilde sind teils unreflektierte, teils reflektierte informationen. unreflektierte sind sie, wenn ihr schriftlicher zeichencharakter zugleich signal ist, auf das – ähnlich wie auf ein kommando – eine nur oder vorwiegend sensorische reaktion erfolgen kann. reflektierte (auch genannt ästhetische) informationen sind sie, wenn sie sich als schemata von zeichen präsentieren. in beiden fällen wird versucht, das konkrete sprachgebilde als eine auf knappe, unverhüllte form gebrachte information zu verwenden. aus kommunikativen gründen.

denn grundlage guter sprachlicher kommunikation sind analoge denkstruktur – oder behavioristisch gesprochen: analoge patternstruktur – und analoge materielle (zeichen-)struktur. durch die offen sichtbare präsentation ihrer strukturen und durch die – unter anderem auch psychisch bedingte – reduktion auf verhältnismäßig wenige zeichen (oder signale) sind gebilde der konkreten dichtung geeignet, zwischen verschiedenen sprachtypen, sprachauffassungen und zwischen verschiedenen zeichenvorräten verbindend zu wirken (also zum beispiel auch zwischen muttersprachlichem und physikalischem weltbild). sie ist in der naturwissenschaftlich-technischen weltanschauung von heute begründet und wird sich in einer synthetisch-rationalistischen weltanschauung von morgen entfalten. wenn die konkrete dichtung noch als fremd (asketisch mager oder simplifikatorisch) empfunden wird, dann wahrscheinlich aus mangel an einsicht in eine entwicklungstendenz unserer gesellschaft, ihres denkens und tuns, die in ihrem kern eine neue ganzheitsauffassung enthält.
international – übernational. ein bezeichnendes merkmal der existenznotwendigkeit der konkreten dichtung ist, daß gebilde, wie sie in diesem buch versammelt sind, fast gleichzeitig in europa und südamerika auftauchten, daß die haltung, die solche gebilde entstehen und vertreten läßt, sich hier wie dort durchzusetzen begann.
ich bin deshalb überzeugt, daß die konkrete dichtung die idee einer universalen gemeinschaftsdichtung zu verwirklichen beginnt. da ist es denn vielleicht an der zeit, begriffe, wissen, glauben und unglauben über und an das dichterische gründlich zu revidieren, wenn das dichterische noch im ernst und mit aller bejahung in der modernen gesellschaft existieren will. leider ist heute noch immer festzustellen, daß selbst intelligente menschen sich naiver stellen, als sie in wirklichkeit sind, wenn sie als dichter auftreten oder mit dichtung in berührung kommen, als müßte man über primäre fragen naiv reden.

1956

vom gedicht zum gedichtbuch

wie ein gedicht entsteht, darüber geben dichter hin und wieder auf befragungen antwort. wie ein gedichtbuch entsteht, darüber weiß man gemeinhin wenig oder gar nichts. man nimmt an, daß ein dichter – ich denke im folgenden stets an den gedichtband eines einzelnen autors – von zeit zu zeit, nach schaffens- oder erlebnisabschnitten, seine gedichte sortiert und dann in einem band oder bändchen gesammelt herausgibt. oft spielt dann eines der gedichte oder ein vers, eine zeile, die rolle des leitgedankens und gibt den titel ab für den ganzen band. man wird zugeben, daß diese art der entstehung eines gedichtbuches etwas zufälliges hat. das ist an und für sich keine negative feststellung, denn zweifellos wird der wert eines so zustande gekommenen gedichtbuches vom wert der einzelnen gedichte bestimmt, wobei bekanntlich ein gedicht allein oft den ganzen band tragen kann. ich möchte diese art des entstehens eines gedichtbuches mit den hier geäußerten anregungen nicht bekämpfen, gehört doch der reiz des zufälligen nun einmal zum geschäft des dichters und des dichterischen.
den soeben skizzierten gedichtbüchern stehen die gedichtbücher gegenüber, die aus einem guß zu sein scheinen. dazu gehören vor allem gedichtbücher, deren inhalt einem erlebniskreis verpflichtet ist, oder deren gedichte formal gleichartig beschaffen sind. man denkt bei den ersteren z. b. an elegien, bei den letzteren an sonette. wer solche gedichtbücher zur hand nimmt, weiß, was ihn erwartet. es sind strenge bücher. sie schlagen einen bestimmten ton an, oder sie verlangen ein eingehen auf eine bestimmte form, auf ein bestimmtes äußerliches bild.
ich denke an eine dritte form des gedichtbuches. ich denke an das gedichtbuch, das in seiner gesamtheit die reale erscheinung eines einzigen gedichtes ist: an das gedicht in buchform.
ein buch besteht – es sei in erinnerung gerufen – aus einem umschlag, der mehr oder weniger deutlich als solcher gekennzeichnet ist, sowie aus einer anzahl blättern, von denen jedes als zweiseitig betrachtet wird. es gehört zum umgang mit einem buch, daß man in ihm blättert, das heißt blatt um blatt umlegt. es ist bei unserem eingehen auf das buch wichtig, wieder einmal auf einzelheiten zu achten. so scheint es sehr bedeutungsvoll zu sein, ob wir ein buch von vorn nach hinten durchblättern und lesen oder von hinten nach vorn, das heißt, wir haben uns von fall zu fall zu überlegen, ob vorne vorn ist oder eventuell hinten. bei einem chinesischen

buch alter schule ist der beginn dort, wo bei unseren büchern das ende ist. auch linkshänder haben natürlicherweise diese einstellung zum buch. wer zum buch und seinem realen aufbau eine dinghafte, unkonventionelle beziehung hat, kommt nicht darum herum, im buch mehr zu sehen als ein simples druck- und machwerk, das lediglich aus bedruckten seiten besteht. es dürfte gerade vom dichter angenommen werden, daß er, der zur realität oft ein besonderes ursprüngliches verhältnis hat, auch den aufbau eines buches mit anderen augen betrachtet als zum beispiel ein digest-leser.
ein gedicht, dessen erscheinungsform ein ganzes buch mit so und so vielen blättern ist, hat im unterschied zum gedicht auf einer seite – oder mehreren seiten, wobei die seitenzahl sich lediglich aus der schriftgröße ergibt – zusätzliche möglichkeiten. eine der wichtigsten dürfte die sein, daß das buchblatt und entsprechend die bewegung des umblätterns, als zäsur, als blickwechsel, eine ganz bestimmte, kalkulierbare rolle spielt. ein gedicht kann aufgefächert dargestellt werden, inhaltlichen zäsuren entsprechen reale, objekthafte – der inneren zeit eines gedichtes entspricht ein gewisser zeitablauf körperlicher bewegung. wenn wir heute gewohnt sind, speziell im gedicht einen träger konzentrierter ästhetischer information zu sehen, und dabei den visuellen aspekt, den die konkrete poesie wieder eingeführt hat – mit einem blick auf mallarmé und apollinaire – gar nicht mehr außer acht lassen können, drängt sich das gedicht in buchform geradezu auf. es sollte dafür um so mehr plädiert werden, als sich immer deutlicher feststellen läßt, daß sich ein großteil der avantgardistischen poesie dieser sechziger jahre zwar um allerlei visuelle strukturen bemüht, sich aber des buches doch nur im konventionellen rahmen bedient. darin ist ein widerspruch zu sehen. denn das aufzeigen der sprachstruktur, ihrer magie, aber auch der transparenz in gehalt und bild – die zu den bedeutendsten ergebnissen der »konstellationen«, »ideogramme« und »texte« gezählt werden müssen –, verlangt nach konsequenter ausbildung auch in der objekthaften form des buches. nicht wenige dichter haben in den letzten jahren zu versuchen in dieser richtung angesetzt, aber die ergebnisse sind meist erst in kleinen kreisen bekannt. echte moderne dichterindividuen werden sich nicht abhalten lassen, an modernen bücher-individuen zu arbeiten.

1966

definitionen zur visuellen poesie

ideogramme

poetische ideogramme sind gebilde aus buchstaben und wörtern, welche durch präzise konkretionen semantischer wie semiotischer intentionen entstehen und die als ganzes einprägsame sehgegenstände von logischem aufbau darstellen. sie sind eine der klassischen formen der konkreten poesie und wurden vorwiegend in den fünfziger jahren geschaffen. im gegensatz zu anderen texten wirken sie als geschlossene gebilde.

konstellationen

konstellationen zählen wie die ideogramme, mit denen sie oft mischformen bilden, zu den charakteristischen gestaltungen der konkreten poesie. im gegensatz zu den ideogrammen sind konstellationen nicht unbedingt geschlossene gebilde, was durch die anwendung von techniken wie kombination und permutation oft verhindert wird. wesentliches merkmal ist sowohl bei buchstaben- wie bei wort- und satzkonstellationen der einbezug des raumes als zwischen- und umgebungsraum, der einzelne elemente nicht nur trennt, sondern auch verbindet und dabei assoziationsmöglichkeiten schafft. konstellationen benötigen deshalb meist keine verbalen bindemittel. ein besonderes merkmal ist die dadurch ermöglichte inversion der elemente, deren semantische auswirkungen miteinbezogen werden. konstellationen sind in mehrfacher hinsicht bausteine internationaler kommunikation. in den besten fällen sind konstellationen aber auch weise spiele.

dialektgedichte

dialektgedichte gehören zu den wiederentdeckungen der konkreten poesie. entgegen der erwartung sind sie in vielen fällen nicht nur sprechgedichte, sondern wesentlich visuelle dichtung. von dialektgedichten traditioneller art unterscheiden sie sich wie alle visuelle poesie als teil der konkreten poesie durch die bewußte beobachtung des sprachmaterials (in mehrfacher hinsicht), womit die originalität und die sprachschöpferische basis der dialekte erst recht entdeckt werden.

palindrome

andré thomkins zitiert als erklärung zu einer reihe seiner arbeiten: palindrom, griechisch, bezeichnung für wörter oder wortfolgen, die vorwärts und rückwärts gelesen werden können und den gleichen oder einen anderen sinn ergeben.

typogramme

typogramme sind ergebnisse eines besonders intensiven eingehens auf die buchstabengestalt wie auf das angebot der setzkästen und der schriftenbücher. poesie entdeckt sich in buchstaben, verändert sie und verändert ganze textbilder, die dadurch gleichzeitig dichterisch interpretiert werden. typogramme gehören teils zur grundschule der konkreten poesie, teils sind sie deren handwerklich-romantische neigung.

piktogramme

poetische piktogramme sind textanordnungen, deren erscheinungsbild absichtlich abbildende umrisse hat. es kann deshalb z. b. zuerst eine figur gedacht oder skizziert vorhanden sein, deren formen dann mit sprachmaterial aufgefüllt werden, oder es kann ein text durch die umrisse einer abbildenden figur begrenzt werden. der anteil der poesie besteht darin, das verhältnis von grafischer figur und textlicher aussage semantisch und semiotisch zu bestimmen, was sowohl durch den kontrast, aber auch durch spielerische annäherung an die tautologie geschehen kann. im gegensatz zu den konstellationen und ideogrammen mit piktografischem einfluß sind piktogramme ausschließlich visuell kommunizierbare gebilde. da sie sich vom sprachimmanenten denken der konkreten poesie entfernen, zählen sie zu deren randerscheinungen. sie können eher als übergangsformen zu einer abbildenden grafik verstanden werden, die mit flächenhaften schriftmustern arbeitet.

1972

max bense / reinhard döhl

zur lage

die poesie hat heute den unterhaltungsstil und die gattungskriterien einer konventionellen (sogenannten) literatur hinter sich gelassen. selbst die grenzen zu anderen kunstgattungen (zur malerei, zur musik) verwischen sich immer mehr. das feld der poesie ist weiter geworden in dem maße, wie unsere augen und ohren empfindlicher wurden für mikroästhetische strukturen und differenzierungen.
traditionell an die literaturrevolution der jahrhundertwende, der ersten jahrzehnte unseres jahrhunderts gebunden (und darüber hinaus rückbezogen auf errungenschaften der literarischen romantik), ist poesie heute kein transportmittel mehr für zumeist fragliche ethische inhalte, kein rechtfertigungsvehikel mehr für weltanschaulichen unfug. statt der vorstellung einer nationalpoesie hat sich die vorstellung einer progressiven poesie entwickelt. an stelle des mystikers und metaphysischen schwadroneurs ist der a-theistische, also der rationale und methodische autor getreten, dessen augenmerk der sprache, den materialien gilt, derer er bei der verfertigung seiner reihen und strukturen bedarf, die er methodisch handhabt. zwar bleibt auch dieser autor, als intellektuelles individuum einer zivilisation und ihrer gesellschaft, ebendieser gesellschaft verpflichtet: aber an stelle der ethischen verpflichtung tritt die ästhetische moral, an stelle des kategorischen imperativs zählt die ästhetische auseinandersetzung (mit der sprache des unmenschen etwa), an stelle der mitgeteilten fabel gilt das ästhetische spiel. in einem solchen sinne sprechen wir auch von poesie heute als einer ästhetischen negation gesellschaftlicher zustände, zivilisatorischer mängel. in dem maße, wie zivilisation heute auf perfektion aus sein muß, um zu überleben, tendiert poesie heute in richtung einer perfektionierten künstlichen poesie, im sinne der berücksichtigung ihrer programmierung und reproduktion, ihres theoretischen und experimentellen vergnügens, ihrer freiheit und ihres verbrauchs, ihrer maschinellen und ihrer menschlichen realisation. poesie heute siedelt also in einem zwischenbereich zwischen natürlicher und künstlicher poesie, als bewußte poesie in einer progressiven absicht. ihre sprache, die bis dato einer traditionell und historisch bedingten syntaktischen folge subjekt-prädikat-objekt folgte, hat sich material verselbständigt zugunsten

neuer sprachlicher strukturen, zugunsten neuer akustischer und/ oder visueller arrangements. durch überraschende verteilungen in der syntaktischen und/oder semantischen dimension entsteht im wörtlichen sinne eine poesie der wörter, des setzkastens, der farben, der töne. sechs tendenzen sind dabei ablesbar, innerhalb derer poesie heute realisiert wird:

1. buchstaben = typenarrangements = buchstaben-bilder
2. zeichen = graphisches arrangement = schrift-bilder
3. serielle und permutationelle realisation = metrische und akustische poesie
4. klang = klangliches arrangement = phonetische poesie
5. stochastische und topologische poesie
6. kybernetische und materiale poesie.

in den meisten fällen werden diese möglichkeiten nicht in reiner form verwirklicht und vorgeführt. wir ziehen die poesie der mischformen vor. ihre kriterien sind experiment und theorie, demonstration, modell, muster, spiel, reduktion, permutation, iteration, random (störung und streuung), serie und struktur. das erzeugen ästhetischer gebilde erfolgt nicht mehr aus gefühlszwängen, aus mumifizierender oder mystifizierender absicht, sondern auf der basis bewußter theorien, intellektueller (cartesianischer) redlichkeit. zur realisation ästhetischer gebilde bedarf es des autors und des druckers und des malers und des musikers und des übersetzers und des technikers und programmierers. wir sprechen von einer materialen poesie oder kunst. an stelle des dichter-sehers, des inhalts- und stimmungsjongleurs ist wieder der handwerker getreten, der die materialien handhabt, der die materialen prozesse in gang setzt und in gang hält. der künstler heute realisiert zustände auf der basis von bewußter theorie und bewußtem experiment. wir sprechen von einer experimentellen poesie, insofern ihre jeweiligen singulären realisationen ästhetische verifikationen oder falsifikationen bedeuten. wir sprechen wieder von einer poietike techne. wir sprechen noch einmal von einer progressiven ästhetik beziehungsweise poetik, deren bewußte anwendung ein fortschreiten der literatur demonstriert, wie es schon immer den fortschritt der wissenschaft gab.

1964

franz mon

zur poesie der fläche

mit mallarmés un coup de dés ist in die literatur ein phänomen zurückgekehrt, das ihr völlig entschwunden schien: die fläche als konstitutives element des textes. wir sind es selbstverständlich gewohnt, bei der betrachtung eines bildes die negativformen der figuren so wichtig zu nehmen wie diese selbst, also die gegliederte fläche als ganzes zu »lesen«. doch geschriebenes dient uns am besten, je weniger seine optische dimension ins auge tritt. von seiner anordnung auf der fläche wird allenfalls harmonische unbemerkbarkeit verlangt; die fläche selbst aber spielt bei der syntax des textes keine rolle. ohne schaden zu nehmen, kann der text verlautbart, aus dem optischen ins akustische medium gebracht werden, und ebenso schlägt sich das nacheinander des gesprochenen im nacheinander der zeilenverläufe nieder, ohne daß das nebeneinander der fixierten schriftzeichen etwas hinzugäbe. wie die fläche dem text äußerlich ist, ist ihm die schrift sekundär. daß sie einmal bildhafter natur war und ihre bildcharaktere vielleicht über die lautsprache hinausgehende bedeutungen vermittelten, ist vergessen. unsere schrift ist zur bloßen funktion des lautes, also eines zeitlich dimensionierten, geworden.
dennoch besteht die potenz einer räumlich statt zeitlich artikulierten schrift-sprache. sie dringt dann durch, wenn die konventionelle und gesellschaftlich sanktionierte sprache an ihre grenze gerät oder aus irgendeinem grunde nicht benutzt werden kann. einen einfachen fall stellt die sprache der chemischen formeln dar, die – etwa im benzolring – die fläche als syntaktische dimension auswertet; einen höchst differenzierten zeigen die sensibel-psychologischen schreibgesten an, die in der malerei und graphik seit dem 17. jahrhundert immer wieder über die konventionellen bildthemen laufen, um sie zu paraphrasieren oder zu negieren. diese »schriftsprachen« sind nur einem geschlossenen leserkreis oder aber nur intuitiv zugänglich.
in der lyrik ist die fläche nie völlig außer kurs geraten. wenn die tatsachen der verschriftung, also der übertragung aus dem gelenkigeren medium des sprachlichen artikulationsraums ins langsamere der schreibspur, eine sprache bereits zu verändern vermag, bis in den wortschatz und die syntax hinein, dann muß sich die verzögerung, die das schreiben dem entstehenden sprachstück

antut, auf ein gebilde, das in solchem maß von der spannung zwischen stillstehen und fließen abhängt wie ein gedicht, um so nachhaltiger auswirken. ein symptom für diese spannung ist die rückkehr in die ausgangslage des verses, die sich durch das ganze gedicht wiederholt; ein anderes die innere korrespondenz zwischen leerer fläche (des schreibgrundes) und entspringendem gedicht, wie sie vielfältig bezeugt ist: das gedicht tritt aus dem voraussetzungslosen hervor; es ist sein eigener grund oder es ist nicht gedicht, und die fläche ist seine negation, an der sich die positivität seiner setzung zu beweisen vermag. das gedicht besteht nicht ohne die isolation der leeren fläche, dieses aus allen zusammenhängen geschnittenen spielraums, wenngleich es ihn mit der setzung des ersten wortes desavouiert und vergessen macht.
im grunde liegt nichts näher, als dieses vergessen auszusetzen, die ursprüngliche wirklichkeit und wirksamkeit der fläche im text weitergelten zu lassen. ein gedicht, das sich der schreibung einmal überlassen, dem dithyrambischen strom des reinen sprechens entzogen hat, verlangt die haltung des schweigens und überschauens – ist im wortsinn »mystisch« und »theoretisch« zugleich. die zeit, in der ein auf die fläche gesetztes wort existiert, »fließt« nicht mehr; sie schrumpft hinweg, und zugleich liegt sie auseinandergezogen in der dauer des lesenden blickes und bewegt sich in seiner geschwindigkeit. für den lesenden blick sind alle daten isoliert nur sie selbst und simultan momente des insgesamt erscheinenden. das gilt für alles schriftliche; es gilt in besonderem maße für verschriftungen, die die fläche bewußt als ordnungsmoment miteinbeziehen: der ganze text zeigt auf einen blick seine struktur, gliedert sichtbar seine beziehungen aus (wie schon im fall des benzolrings), tritt unmittelbar ins bild, statt sich erst in der vorstellung des lesers allmählich aus dem gelesenen erinnerten aufzubauen.
es ist klar, daß nicht jeder text dazu geeignet ist. die fläche nötigt vielmehr dazu, den text auch von ihr her zu denken, damit ihre funktionen zur geltung kommen können. diese weisen dieselbe art inhaltlicher formalität auf wie die der konventionellen grammatik. ihre elementarsten sind lage (des wortmaterials auf der fläche), entfernung (der textmomente voneinander) und dichte (des textfeldes). die kleinste erscheinende textpartikel macht die fläche zum textgrund, wenn sie nur einen ihrer intention gemäßen ort findet. die fläche wird dabei selbst zur textkonstituante; sie bringt ihre bedeutungsmomente, wie zentrum, rand, oben, unten,

rechts, links, mit in den lesezusammenhang, und die textpartikel gewinnt in diesem koordinatensystem stellenwert und spezifische reichweite.
tritt eine zweite, unterschiedene textpartikel auf, so tasten beide auf dem gegebenen grund nach ihrem spezifischen ort. in ihrem abstand stellt sich zugleich ihre innere entfernung dar, spiegelt sich die bedeutungskonstellation. zwei zueinander geratene wörter stehen – von ihrem bedeutungs- wie von ihrem lautbestand her – in spannung, ziehen sich an oder bleiben zueinander indifferent. in »paradoxer entfernung« können sich vokabeln, deren bedeutungen inhaltlich kaum etwas miteinander zu tun haben, als höchst kohärent erweisen, während bedeutungsnachbarn sich oft gleichgültig sind. das entfernteste ist im poetischen feld plötzlich das nächste (wobei die artikulatorische analogie eine vermittelnde rolle spielen kann). diese vokabelkonstellation läßt sich nur im flächenbild zureichend darstellen, vor allem wenn die gruppierung eine vielzahl von elementen umfaßt.
wie der entfernung der begriff der konstellation entspricht, so der »dichte« der des vokabelrasters. während die konstellation aus individuen mit prägnanter bedeutung und abgehobener lautform zusammenschießt, erscheint im raster jeweils ein ganzes vokabelfeld, in dem nicht genau festlegbar ist, ob laute, silben, wörter, sätze die tragenden einheiten sind. oft konkurrieren sie miteinander; oft aber ziehen auch die mikroformen die aufmerksamkeit auf sich, obwohl ganze satzgebilde dem feld eingegliedert sein mögen. in einer konstellation kristallisiert sich im geduldigen lesen aus lautung und bedeutung eine bei allem offensein prägnante figuration; im raster erfaßt der lesende blick eine vielzahl wechselnder beziehungen und andeutungen, ohne zu einem eindeutigen ergebnis zu kommen.
die leere der ursprünglichen fläche ist in der »dichte« eines rasters insofern aufgehoben, als seine »anhaltspunkte« austauschbar scheinen und das feld keine notwendige grenze hat, vielmehr beliebig fortsetzbar gedacht werden kann. sein umfang muß nur eine repräsentative menge der für diesen text charakteristischen elemente aufnehmen können.
in der zweidimensionalität der fläche kann sich ein teil der gestik eines textes darstellen: expansion, schachtelung, reihung, stauung, fallenlassen und viele andere, oft nicht mehr beschreibbare gestische bewegungen vermögen sich in der flächigen textordnung niederzuschlagen, ohne den text selbst thematisch zu belasten. das textbild vollzieht sie, statt daß von ihnen gehandelt

wird. die optische gestik gesellt sich selbstverständlich zur phonetischen und zur semantischen – als ergänzung, erweiterung, spannung, negation.
es ist auch ein flächentext möglich, der die phonetische und die semantische dimension aufgesogen hat; der zwar mit letternrudimenten arbeitet, aber die identifikation nicht mehr bis zum differenten laut vordringen läßt, vielmehr die – lautlose – imagination eines vielschichtigen, labilen lautpotentials vermittelt; der keine abhebbare mitteilung mehr enthält, jedoch eine vielzahl von mitteilungen als möglich vorstellt.

texte in den zwischenräumen

je weiter wir in dieses jahrhundert geraten, desto selbstverständlicher gewöhnen wir uns an die eigentümliche weise, unsere gegenstände auf ein ihnen fremdes bezugsfeld hin zu durchdringen: wir betrachten sie und erkennen an oder in ihnen bezüge, ordnungen, verläufe, die mit ihnen, unseren eingewohnten begriffen nach, kaum etwas zu tun haben. wir sehen sie, als sähen wir nicht nur sie. in dieser auffassungsweise wirken die verschiedensten verhaltensnötigungen nach, die uns die zitternd-irrsinnige geschichte unseres daseins in diesem jahrhundert übergezogen hat. keiner von uns ist um beispiele verlegen. das eindeutige ist wie ein witz, dessen pointe noch nicht bemerkt ist. manche witze übrigens, die wir kennenlernen, schlitzen ihre eindeutigkeit so weit auf, daß von ihrem lachen eigentlich nur das vibrieren noch übrigbleibt. doch nicht davon soll die rede sein.
das uneindeutige ist das konkrete. was identifiziert ist, ist auch bereits verschwunden. die beschreibung von oberfläche mit wörtern, die sich ihrer gar nicht erinnern, ist eine methode, sie nicht zu verscheuchen. doch wer macht das schon. noch zuverlässiger ist die methode, es gar nicht auf die oberfläche abzusehen – nicht einmal in gedanken und heimlichkeit (: sie merkte es doch), sondern sie kommen zu lassen, ohne hinzusehen, ohne hinzudenken, indem man nur die wörter (oder ihnen äquivalentes) kommen läßt. das konkrete ist das, an das nicht gedacht wird.
gedacht wird an das, was es nicht ist. daran zu denken, ist auch um des konkreten willen unentbehrlich. denn daran setzt es sich an, siebt es und bricht es sich; es sind die fragen, an denen es

sich krümmt, die pläne seiner zusammenrottungen. sie haben wir leicht zur hand, sie lassen sich ohne ausgiebige mühe erfassen. an ihnen zeigt sich, was es alles gibt. manches zeigt sich dabei auch, was es gar nicht geben kann. immerhin, es zeigt sich. eine menge hat sich schon gezeigt.

doch davon soll nicht die rede sein. es gibt noch so viel (zuviel), was sich nicht gezeigt hat. wir sind unbelehrbar neugierig darauf. wir verstehen unter kunst die verschiedenen methoden, das, was es noch nicht gibt, sich zeigen zu lassen. wenn vorhin die beschreibung als eine davon empfohlen wurde, dann nicht die, die nur beschreibt, was es schon gibt: das kenne ich vermutlich schon, und wenn nicht ich, dann mein nachbar oder ein satz in der zeitung meines nachbarn, den ich kennen könnte und nur aus umständen oder zufällen (noch) nicht kenne, obwohl es doch da ist; nein, wennschon, dann feststellung von dem, was es noch nicht gibt: das es erst gibt, indem es festgestellt wird. man entdeckt dabei die infinitesimale beschaffenheit dieser gegenstände, mit der sie unaufhörlich jede art von eingerichteter sprache desavouieren. indem sie sich nur an den sprachmedien zeigen, saugen sie diese in ihr nochnichtgegebensein hinaus, ironisieren, was hervortritt, durch das wissen, daß es überhaupt erst hervortritt und genausogut nicht hervorgetreten sein könnte, und jagen die sprache in den abgrund der winzigsten artikulationen.

mag man behaupten, es sei müßige akrobatik. weder müßig noch akrobatik weisen in diesem jahrhundert der schauerlichsten industrien eine verächtliche alternative nach, das nutzloseste könnte sogar von höchster nützlichkeit sein. das eben noch stumpf lesbare zittert in der erwartung des textes, der nicht vorgesehen war. das plakat ist plötzlich etwas zerreißbares, es widersteht meinen händen und singt plötzlich. es antwortet auf fragen, die ihm noch nie gestellt worden sind. die zeitung: dünntrockenes mit feinen schwarzen sprenkelungen, die ich kenne; sie öffnen sich vor der schere, und ich erkenne sie dabei wieder, aber was ich jetzt lese, kannte ich eigentlich noch nicht, es kommt nur entlang diesem schnitt vor. ziffernfolgen stellen sich ein, die ich nicht mehr aussprechen, doch immer noch oder gar jetzt überhaupt erst lesen kann.

daran unterscheiden wir uns: wer darauf besteht, auch »dies da« zu erfahren, und nicht ruhe gibt, bis es tatsächlich hervortritt, und wer »sonst was« vermittelt haben möchte. »sonst was« beansprucht mich dauernd; »dies da« gibt es fast nicht, oder besser: ich bin nicht bei ihm, weil ich mich von dem ihm aufsitzenden

»sonst was« weglocken und abführen lasse. in allem, was mir begegnet, sind beide momente da, am wirksamsten das »sonst was« in den zu verweisenden zeichen verkürzten bildern und besonders den schriftzeichen. sie leisten ihre sache am besten, wenn ihr »dies da« völlig verschwunden ist vor dem »sonst was«, auf das abgezielt ist. ein buchstabe hat nichts mehr mit einem bild zu tun. niemand sieht mehr, daß »m« einmal »wasser« bedeutete. wozu auch. alles kann jetzt kommen, nicht nur das angedeutete: auch das, für das sich gar kein bildzeichen einrichten ließe, wird erreichbar.
in dem augenblick, da schrift sich vom bild absetzt und einer ins begriffliche unabsehbar vordringenden sprache verfügbar wird, gibt sie ihre elementare sprachqualität auf. ihre gestischen bildzeichencharaktere fixieren sich an bestimmte silben, schließlich an bestimmte laute und büßen ihre spontaneität ein. schrift ist nunmehr bloßes vehikel der sprache, allerdings unersetzliches vehikel für die aufschichtende geschichtliche arbeit in der sprache. ihre zeichen verändern sich nur noch äußerlich, auf ihrer eigenen ebene geschieht nichts mehr.
es ist nun ein maß der bewußtseinsanreicherung denkbar, bei dem das objektive ausmaß der inhalte und ihre differenzierung die fassungskraft des einzelnen überschreitet und angesichts der universalen verfügbarkeit und gegenwärtigkeit der inhalte sich das verlangen nach ihren »zwischenräumen« meldet. da diese sich nicht abermals als bestimmte inhalte zeigen können, muß ich mich an den prozeß halten, der sie mir zugeführt hat, und in seine ordnung eindringen. die hinsicht, in der ich sprache und schrift verwendet habe, wird gewendet. die sprache verschwindet unter der schrift. die schriftzeichen bleiben einen augenblick wie petrifizierte gerüste, doch nur solange sie nicht beansprucht werden. das »m« wird nie wieder »wasser«, aber es ist auch plötzlich nicht mehr das eindeutig handhabbare »m« mit seiner festen stellung im lautsystem. je nachdem, was ihm auf dem weg zu einer neuen textur, nämlich der »zwischenräume«, zustößt, flimmert es in einer bedeutsamkeit, die durch nichts anderes als es selbst an der gegenwärtigen stelle wiederzugeben ist: es ist jetzt zeichen und mitteilung zugleich.
in der neugier auf die »zwischenräume« sind bei den texten, die den »plakattexten« zum material gedient haben, die geläufigen bedeutungen und die eingefleischte syntax aufgedröselt: eine neugier, die aufs ganze geht, nicht nur auf die fragmentierung der lettern und ihre neugruppierung entlang einer schnittlinie, auch

auf das verhalten des papieres, das hervortreten etwa der papierfasern in und zwischen den angerissenen buchstaben, das entblößen der bedeckten fläche. ist die vereinbarung, schrift sofort in lautung und diese in bedeutung verschwinden zu lassen, erst einmal außer kurs gesetzt, gerät alles in den sog der sich neubildenden gefüge: eine falte oder ein riß gewinnt plötzlich in der verquickung mit fragmentierten lettern den wert einer interpunktion, schnittlinien verbinden einander bisher fremde zeichen zu zentauren, sie üben wie der raum und die zwischenräume selbst syntaktische funktionen aus.
das medium ist hier ausschließlich optisch, diese sprache gilt nur dem auge, wenngleich sie die lautsprache und ihre ausgiebige verwendung voraussetzt. alle signale bleiben gegenwärtig, das lesend wiederkehrende erinnern springt auf ihrer fläche. ihre simultaneität ist nicht nur das beieinander des gleichzeitigen, es sammelt sich vielmehr der ganze, an vielen stellen schon gelesene text in seinem bild an. im lesen vermehrt sich unablässig der gegenwärtige text durch den bereits gelesenen.

buchstabenkonstellationen

buchstaben sind zeichen für zeichen und daher von der sprache schon wieder soweit distanziert daß sie sprache reflektieren können wenn sie in bewegung geraten sie konstituieren elemente der sprache obwohl diese in ihrem vollzug sich auf keine diskreten elemente festlegen läßt
in den buchstaben wird die sprache zum zweiten mal erfunden und sie beweisen den syntaktischen charakter von sprache
ein einzelner buchstabe von bestimmter größe an einer bestimmten stelle auf einer fläche von bestimmter größe kann ein text sein
der weiteren distanzierung und komplizierung dieser verhältnisse sind keine grenzen gesetzt
die fläche ist dabei so wichtig wie das auf ihr erscheinende zeichen
sie ist nicht nur dessen bedingung sondern enthält seine gestik also das was es bemerkenswert macht der leerraum die entfernungen die positionen der buchstaben sind ebenso wesentlich wie diese selbst das auge lernt in jeder richtung zu lesen das positive

zeichen in einheit mit dem negativen leerraum zu sehen ihren möglichen beziehungen nachzugehen und in der einfachsten anordnung die vielfalt der bezüge zu erkennen
es kommt nicht auf die menge der inhalte an sondern auf das verhältnis von zeichenaufwand und realisierbaren beziehungen

1967